绿光芒书系

三毛悄悄对你说

梅子涵 著

天津出版传媒集团
新蕾出版社

图书在版编目(CIP)数据

三毛悄悄对你说 / 梅子涵著. -- 天津：新蕾出版社, 2021.1
(绿光芒书系)
ISBN 978-7-5307-7050-4

Ⅰ.①三… Ⅱ.①梅… Ⅲ.①散文集-中国-当代 Ⅳ.①I267

中国版本图书馆 CIP 数据核字(2020)第 084833 号

书　　名：	三毛悄悄对你说　SANMAO QIAOQIAO DUI NI SHUO
出版发行：	天津出版传媒集团 新蕾出版社 http://www.newbuds.com.cn
地　　址：	天津市和平区西康路 35 号(300051)
出 版 人：	马玉秀
电　　话：	总编办 (022)23332422 　　　　发行部 (022)23332679　23332677
传　　真：	(022)23332422
经　　销：	全国新华书店
印　　刷：	北京盛通印刷股份有限公司
开　　本：	880mm×1230mm　1/32
字　　数：	90 千字
印　　张：	5.5
印　　数：	1-8 000
版　　次：	2021 年 1 月第 1 版　2021 年 1 月第 1 次印刷
定　　价：	26.00 元

著作权所有，请勿擅用本书制作各类出版物，违者必究。
如发现印、装质量问题，影响阅读，请与本社发行部联系调换。
地址：天津市和平区西康路 35 号
电话：(022)23332677　邮编：300051

*作者*的话

    1991年1月4日,作家三毛在医院去世。

    那一天,电台、电视台各档新闻节目都播送了这条消息,从早到晚。那种显而易见的郑重和强调,对于一个作家是很少见的。

    这是因为,在各地,三毛的书有太多的读者,包括那些新闻节目的编导、主持人们。那份热烈的崇拜在他们心头一直不曾冷却。

    紧接着便是报纸上的震惊、感慨、回忆与怅然。

    我生活在大学校园里,那段时间里,围墙内掠过的

平日活泼的生命表情之中,黯然和伤感更是真切。尤其是一些因为三毛的潇洒和浪漫也变得潇洒和浪漫起来、有了大胆的美丽向往的大学生们,一时都木然迷惑起来:一个潇洒、浪漫的生命怎么会突然就消失了?!

他们在大学校园栽满梧桐树的路上和我相遇,以这样迷惑的眼神看着我,或是走进我整日坐着写作的小房间,偏只说了"三毛"二字,就又默默不语。

我又能说些什么?

生命本来就是最让人迷惑的,如果你愿意迷惑的话;也可以不必迷惑。因而那个被人注视的生命其实并不神秘,神秘的是由喜爱和崇拜带来的思索。

但我们确实又不可能不去想这件非常突然的事情,这也正是三毛曾经存在的那个生命所获得的意义了。这份意义或许可以说很珍贵,却不怎么值得庆幸。

《三毛悄悄对你说》是我第一本介绍和解读三毛的书,但我却不认识三毛。之前她到上海来的时候,被那么多人围拢着,我只好悄悄走开。

我曾经希望有一个机会,坐下来跟她谈谈,也请她到我所在的学校对学生们说说话,如今都再也没有可能了。

她来上海时,记者们在报纸上写文章说她非常喜欢上海路边的法国梧桐。我的校园里,多的是法国梧桐,几乎覆盖着从东到西所有的大路小路、边边角角,但她看不到了。

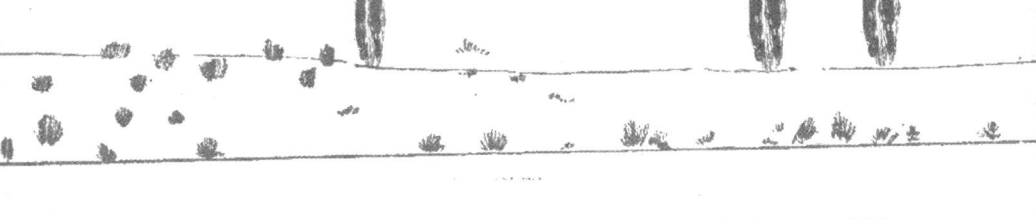

目 录

从前的"雨季"	1
呼唤自己的太阳	8
永远感谢顾福生	17
人生的相遇	33
珍贵的泼洒	43
猪能吃老虎	53
永远的温柔	61
浪漫的乡愁	70
送琼瑶一匹马	74
庄重地升起朝阳	79
呵呵地微笑	88

悄悄话中的人生感悟	94
撒哈拉的故事剪辑	101
写"自己"的文学	129
三毛的文学画廊	139

从前的"雨季"

"三毛"这个名字,对很多人来说,是和撒哈拉的故事连在一起的。

在那充满异域风情的撒哈拉故事中,三毛显得何等潇洒、爽朗,和沙漠的犷伟、辽阔,简直和谐地融为了一体。

于是,我们便以为三毛就是这样,这就是三毛。

我们是否都曾经这样以为呢?

其实,这是误会,三毛哪里一直是这样潇洒、爽朗,

充满了阳光呢?

这并不是三毛的全部,不是她曾有过的那段过去。

或者说,这仅仅只是后来的三毛,而后来的三毛只不过是她否定了那个曾经的自己之后,获得的一段很棒的人生延续。

多半也是为了让人知道这"全部",了解那过去时光中的可怜和可憾,从而在这回溯的纵向认识中体悟到人生的某些要义,三毛才"不害羞"地把她最初写成的那些稚作结集出书,"献丑"于喜欢她的读者面前。

原因是,在这些最初的稚作中,我们可以看到从前的三毛的性格和精神状态。

三毛为这本书取了个名字:《雨季不再来》。

这也是其中一篇小说的篇名。

这篇小说的主人公叫卡帕。由于心理原因,她总感到生活中没有阳光和鸟叫,充满凝重的氤氲的雨雾。

她好像是住在一幢玻璃窗上永远印着歪歪扭扭的雨迹的小房子里,无论从哪个窗口望出去,一切总在雨水的冲刷中,使她再也想不起黎明时的曙光、经历过的万里晴空,想不起干燥清洁的鞋子,想不起曾经如何用快乐的步子踏着阳光行走。

那一首熟悉的歌居然离她如此遥远:

我知道
有一条叫作日光的大道
你在那儿叫着我的小名
啊,妈妈,我在向你赶去
我正走在十里外的麦田上

卡帕的心里没有阳光,眼前也没有金黄的麦田,整个身体都像要沉到河里去了。

于是,这个女孩就总感到有一种承受不住雨点的疲惫。她觉得自己好累,好累。

她还感到那么冷,期待有个温暖的壁炉,盼望着春天,盼望着夏天。

她开始无助地喊起来,快来救我,快点,我要沉下去了。

三毛说,这个卡帕就是她。她曾经就是那个生活在"雨季"中的少女。

"卡帕"是"河童"一词的日语发音。在日本作家芥川龙之介的小说《河童》中,"河童"是软弱的、和涟涟泪水连在一起的性格的象征。"雨季"既是这种特质的人生感觉和心理氛围,又是某种软弱性格的代称。

那个时候的三毛啊!

那时的她,面对混蛋老师的粗暴打骂,只能捂住脸颊,慌慌张张像只可怜的小羊,不知往哪儿逃才好。

她只能又奔到校园里的那个老地方,趴在凸出来的树根上,哀哀地哭。

哭罢回到教室,她还要胆战心惊地向老师鞠一个躬说:"老师,对不起。"

别说万里之外的撒哈拉了,她竟然胆小到不敢上街——"向街的大门,是没有意义的,对我,街上没有可走的路。"

小小的她,唯一的活动,便是在午后绕着无人的小院的水泥地一圈又一圈地溜旱冰。除了轮式冰鞋刺耳的声音之外,那个转不出圈子的少女将一切都锁进了心里,她不讲话。

没有开阔的生活视野,她便狭隘得总是要落入幼稚的情感纠葛之中,难以挣脱。那些反映了她少女时期的稚作,几乎每一篇都充满了这种难以挣脱的缠绵和呻吟。

《雨季不再来》中卡帕对培的无望等待;《极乐鸟》中"我"深深地陷入"S"的泥沼之中,不可自拔;《月河》中林珊和沈之间的感情哀愁……这一个个的角色,实际上都是三毛自己。

因而她时常感到无助,生命是一场那么漫长的等待,是一条没有尽头的隧道,四周没有东西可以依傍,只有灰色的雾气,她走不到隧道的尽头。

有一段时间,她甚至总迷幻地觉得珍妮在朝着她奔来。珍妮是美国著名作家罗伯特·纳森于1940年所写的抒情幻想小说《珍妮的肖像》中的人物,这个美丽的小姑娘,在经历了短暂的幸福生活之后,在一次旅行中,不幸被飓风卷入了大海。

三毛看过根据这部小说拍摄的同名电影。

珍妮仍是时时刻刻来找我,在夜深人静时,在落雨的傍晚,在昏暗的黎明,在闷郁的中午……她说来便来了,带着她的歌及她特有的气息。一次又一次,我跌落在那个虚无的世界里,在里面喘息、奔跑、找寻……找寻……奔跑……醒来汗流满面、疲倦欲绝。

注意她的用词,是在"落雨的傍晚",在"昏暗的黎明",在"闷郁的中午"……

医生判断得很准确,说是因为她不快乐。

可是少女时期的三毛不承认,处在这迷乱之中的三毛说:

我不快乐?是吗?哦,您弄错了,我快乐,我快乐,真的,说我不快乐真像笑话了。珍妮来了,你知道,珍妮来了,我满足。

呼唤自己的太阳

谁会想到,这样的一个少女,后来会成为906万平方千米的撒哈拉沙漠里的"大漠侠女",成为万般洒脱的阳光下的女人。

三毛自己也定然没有想到。

但这些又分明是她所期待的。她对那处在"雨季"之中的自己是何等的不满!

她意识到,雨其实并没有弄湿过她,只是她自己的心在"雨季"的时候,更急切地呼唤起灵魂、呼唤起自我了:

下吧,下吧,随便你下到哪一天,你总要过去的,这种日子总有停住的一天,大地要再度绚丽光彩起来,经过了无尽的雨水之后。我再不要做一个河童了,我不会永远这样沉在河底的,雨季终将过去。总有一日,我要在一个充满阳光的早晨醒来,那时我要躺在床上,静静地听听窗外如洗的鸟鸣声,那是多么安适而又快乐的一种苏醒。到时候,我早晨起来,对着镜子,我会再度看见阳光驻留在我的脸上,我会一遍遍地告诉自己:雨季过了,雨季将不再来。我会觉得,在那一日早晨,当我出门的时候,我会穿着那双清洁干燥的黄球鞋,踏上一条充满日光的大道,那时候,我会说,看这阳光,雨季将不再来。(《雨季不再来》)

她想象着自己不再像一条呜咽的小河,在山谷里流来流去,低低地诉说着不能算苦恼的苦恼,而是展开了翅膀,凌空而起,飞翔在绵延壮观的群山之间,呼叫着Echo、Echo、Echo——Echo是三毛的英文名字。这只鸟叫极乐鸟。

不少人都看过记录着三毛这种自我想象和祝愿的小说《极乐鸟》,却没注意到,她的这种想象和祝愿和一个深深迷住了她的叫S的男青年有关。

S去了美国,在那儿发生了事故。三毛听到这个消息当然难过,因为他是她的泥沼,她早就陷进去了。

她坐在沙发上呆了几秒钟,然后跑了出去。

我穿错了鞋子。自己不知道。街上好多人,我也夹在里面乱乱地走着,我走到中正路,天不知道什么时候黑下来了。空气冷得要凝固。我荡了好久,脑子里间或有你的事跳出来,没有什么特别的感觉。后来我走到二女中那儿,碰到熟人。我不知她是谁。她说天怪冷的,你一人在街上干什么。我说,我接到一封信,一封朋友来的信,所以我出来走走。她不懂,口里却哦哦地答应着。后来我就走开了。我讲完那几句话,眼泪就不听话地淌下来了。我胸口被塞住,我胃痛,我仰着头,竟似哭似笑

地沿着那一大排日光灯慢慢地小跑起来了。(《极乐鸟》)

三毛不知道S是否脱离危险了。她就给他写信,就是这篇以信的形式写成的《极乐鸟》。

三毛曾经总是忧郁,可当S,一个和她很亲近的人濒临死亡的时候,她却油然产生了要拥抱生命的感觉。

小说的最后这样写道:

在清晨的纽约。在摩天楼的大峡谷里。S,当你醒来的时候,你曾否听到过一只极乐鸟在你窗外拍翼飞过的声音。(《极乐鸟》)

三毛在和从前的自己告别,以"飞翔"来摆脱那紧随她的阴影,同时又进行了新的自我设计和塑造。

三毛就这样"长大"了。

她又唱起了那首有着温暖的太阳和清馨的麦田气

息的歌：

我知道
有一条叫作日光的大道
你在那儿叫着我的小名
啊,妈妈,我在向你赶去
我正走在十里外的麦田上

在她人生后来的故事中再也少见以往的沉重和黯然(除了荷西去世的时候),而显现出了勃然的生命律动。

她用了十年的时间独自行走了大半个地球。这不仅是在完全陌生空间的无依靠生存,所有的一切都要自行安排、自行适应、自行设计、自行调节,而且还需要突遭惊险时的镇定和机智(请看令人胆战心惊的《荒山之夜》,她如何遭袭却化险为夷)、捍卫尊严和人格的泼辣反击(请看让人兴奋的《西风不识相》)等。

她像一只美丽的白天鹅,高高地飞翔在文学的上空,飞到了祖国的群山之间,飞到了整个东南亚,为蔚蓝的天空带来了一片清新的气息,吸引了你,也吸引了我……

这一切都需要何等有硬度的性格力量!

这里的性格,不是指通常意义上的脾性,而是指人的内在心理结构、承受力、气度。

有的人脾气暴烈,但内心却毫无承受力,譬如我们所熟悉的琼瑶小说《月朦胧鸟朦胧》中的韦鹏飞。他的妻子在他留学美国期间,爱上别的男人,离他而去,于是他便不能自持,放弃人生,成了如他自己所称的"破碎的口袋"。

著名的美国作家、诺贝尔文学奖获得者海明威,他的小说写的全都是硬汉形象,可是他的"硬汉系列"中的第一个硬汉,却是个如梦幻般甜美、温和的女仆,叫莉芝(见海明威的短篇小说《在密歇根北部》)。

我们知道,三毛在文学上的成功,和她的撒哈拉之行以及由此行所写成的超凡脱俗的撒哈拉故事有着重

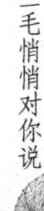

要的关系。

可是她又怎么会到那儿去呢?

不记得哪一年,我无意间翻到一本美国《国家地理》杂志,那期书里,正好介绍撒哈拉沙漠。我只看了一遍,我不能解释的,属于前世回忆似的乡愁,就莫名其妙、毫无保留地交给了那一片陌生的天地。

我们来看看,关于撒哈拉沙漠的介绍:

世界上最大的热带沙漠,北接地中海和阿特拉斯山脉,西临大西洋,东濒红海。面积906万平方千米,从东到西几乎占据了整个非洲大陆的北部,横跨十一国的国境(北段为西撒哈拉、摩洛哥、阿尔及利亚、突尼斯、利比亚、埃及,南段为毛里塔尼亚、马里、尼日尔、乍得、苏丹)。……地表只有20%为沙丘,其余大部分为砾漠。沙丘主要位于西南部,长而窄的沙丘呈半月形或新月形。在沙漠地区,经常出现类似"海市蜃楼"的幻景。撒哈拉气候史的最新研究表明,在一万年前曾有很短的湿润阶段,能生长雪松、榕树、槐树、椴树和柳树,大约从公元前3000年开始进入持续的干旱时期。受南北信风的影响,风沙很大。在乍得,这种风沙天气每年多达七十天,蒸发量每年高达7720毫米……(《不列颠简明百科全书》)

当然,并不是说把是否去过撒哈拉当成对人的性格素质的检验标准,人们可以不去撒哈拉而上喜马拉雅山,但毫无疑问,这样的文字,对并不是从事地理学和气候学研究的三毛立即产生了强烈的召唤效果,确实反映出了三毛拥有对这种"召唤"做出积极响应的心理基础。

这种"召唤"和软弱、缠绵、无穷尽的泣叹无缘。

为此,三毛深有体会地说,命是由心造的,人生的悲剧或喜剧,不是取决于命运,而是取决于性格。

三毛升起了自己的太阳,也迎来了明亮的人生。

当然,帮助三毛迎来明亮人生的,还有个叫顾福生的人。

永远感谢顾福生

三毛作品中的人物经常是画画的。

如《惑》中的"我"。

如《秋恋》中的"她","她"在巴黎学油画,住在一间用二十美元租来的小阁楼兼画室里,很寂寞,就开始想念家乡。

如《月河》中的林珊和沈。他们的画好几次同时被陈列在同一个展览会场,他们知道彼此的名字,却互不认识。后来认识了,却是在一个和画画没有关系的场合,而且是别人介绍的:"来,替你们介绍,这是林珊,这是沈。"

当然,还有《极乐鸟》中的"我"和那个后来到了纽约的S:

好久好久以前,我刚开始画油画,我去你那儿,你在看书,我羞涩地把一张小画搁在墙角给你看。那日你很高兴,将书一丢,仔细看了那张画,看了好久好久。然后你说——感受很好。小孩子,好好画下去——我知道你是真心在鼓励我。我画素描时你总是说我不行的。我站在那儿,心里充满快乐。后来你说:"来看,给你看样新东西。"我们跑到隔壁一间。你给我看那张大画,新画的,你铺在地板上给我看。我看了一会儿。你问我喜不喜欢,我点点头,说不出话来。我们对着那画站了好久。
…………

这是因为三毛曾经是学画画的。

小时候，因为心理加之身体的原因，三毛休学在家。父母为了使她高兴，同时希望她能在开阔些的生活和社交中摆脱不良的心理状态，便先后送她去学插花、学钢琴，但由于没有一件事情使她显示出自己的才能，她当然也未能因此而获得自信。

被送去跟顾福生学油画并不是父母对她的另一次安排，而全然归于一场机缘。

那一天她姐姐过生日，来宾中有一对被请来的姐弟，叫陈缤和陈骕。

陈骕说要画一场战争给大家看，一场白人骑兵队与印第安人的惨烈战役。于是他趴在地上"开战"了，活泼的笔下，战马倒地，白人骑兵中箭，印第安人号叫，篷车在大火里焚烧。

三毛很喜欢这一幅颇有规模和气势的战争漫画，等别人跑开之后，便"偷偷地拾起来""悄悄地看了个够"。

可陈骕对她说，那只是他画了玩的，事实上他是画

油画的。

陈骕的老师便是顾福生。

顾福生是"五月画会"的人,当时稍稍关心艺术的人都是晓得的,"五月画会"的那些画家对一般的人来说,是远方的繁星。

没想到,三毛却因为这个偶然的机会,被介绍去做了"五月画会"的学生。

当然,如果这一回仍旧像前几次一样,那只不过是又增加了一段留待将来回忆的经历,不会有什么别的意义。

可这一回却完全不同。

顾福生住在泰安街二巷二号。三毛按了门铃,然后拼命克制住自己有些惧怕的心理。这已是第二回约定来上课了。

第一回约定了,因为惧怕——她仍是那个忧郁的"雨季"少女——只得让母亲打电话去改期,而她自己则趴在床上无奈地撕着枕头里的棉絮。

"不要逃走吧！这一次不要再逃了！"她站在门外命令自己。

她不知道等会儿出现的又将是怎样的一位老师。她以前所遇见的老师几乎没有一个是温和可亲的，有的甚至对教育科学无知到愚蠢的地步。

顾老师出现了。

这个改变了三毛一生的人哪！

三毛没有描述见顾老师第一面时那让她感到稀罕和吃惊的温和与亲切。

她说："唉，不要写他吧！有些人，对我，世上少数的几个人，是没有语言也没有文字的。"

原本就自卑的三毛，在跟素描挣扎了两个多月以后，看着笔下仍然不能成形的线条，又一次意识到，自己是没有前途的。

如果这时顾老师让她停课，不要再来学习，她是不会有抱怨和委屈的。

可是，"在那么没有天赋的学生面前，顾福生付出

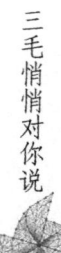

了无限的忍耐和关心,他从来没有流露过一丝一毫的不耐烦,甚至于在语气上,都是极温和的"。

三毛为此而感到对老师深深的歉疚。

终于,她毫无信心地说:"没有造就了,不能再累你,以后不要再来的好。"她想结束这一份歉疚。

老师听见她的话,深深地看了她一眼,微微笑着问:"你是哪一年生的?"

她说了。

老师说:"还那么小,急什么呢?"

"今天不要画了,来,给你看我的油画。"

三毛知道,老师这是在疏导她的情绪,不让她钻入悲观的牛角尖。

"平日看书吗?"看完了画,老师又问。

"看的,不出门就看书。"

"你的感觉很特别,虽然画得不算好……"他沉吟了一下,又问,"有没有试过写文章?"

这是一个何等有意义的发现和肯定,一句何等有意义的询问哪!

那一日离开的时候,老师递给她一本《笔汇》合订本,还有几本《现代文学》杂志。

那时候中国的古典小说、一般性的世界名著我已看了一些,可是捧回去的那些杂志却还是看痴了去。

波特莱尔来了,卡缪出现了。里尔克是谁?横光利一又是谁?什么叫自然主义?什么是意识流?奥德赛的故事一讲千年,卡夫卡的城堡里有什么藏着? D.H.劳伦斯、爱伦·坡、芥川龙之介、富田常雄、康明斯、惠特曼……他们排山倒海地向我噬了上来。

也是在那狂风巨浪的冲击里,我看到了陈映真写的《我的弟弟康雄》。

在那几天生吞活剥的急切求知里,我将自己累得虚脱,而我的心,我的欢喜,我的兴奋,是涨饱了风的帆船,原来我不寂寞,世上有那么多似曾相识的灵魂啊!

再见顾福生的时候,我说了又说,讲了又讲,问了又问,完全换了一个人。

老师靠在椅子上微笑地望着我,眼里露出了欣喜。他不说一句话,可是我是懂的,虽然年少,我是懂了,生命的共鸣、沟通,不是只有他的画,更是他借给我的书。

"今天画画吗?"他笑着问我。

"好呀!你看我买的水彩,一大堆哟!"我说。(老师上次让她改画水彩,先放下素描,希望用颜色来吸引她的兴趣。)

对着一丛剑兰和几只水果,唰唰下笔乱画,自信心来了,画糟了也不在意,颜色大胆地上,背景是五彩的。

活泼了的心、突然焕发的生命、模糊的肯定、自我的释放,都在那一霎间有了曙光。

那是我进入顾福生画室的第三个月。

每堂下课,我带回去的功课是他的书。

在家里,我仍是不出门的,可是对父母和姊弟和善多了。

"老师——"有一日我在画一只水瓶,顺口喊了一句,自自然然的,"我写文章你看好不好?"

"再好不过了。"他说。

我回去就真的写了,认认真真地写了誊了。

再去画室,交给他的是一份稿件。(《蓦然回首》)

这以后的一周,她没有去画室,心中忐忑,不知老师会怎样评价她的这一篇习作。

又过了一个星期,她去了,但不敢问稿子,只是不好意思地低着头调画架。

"你的稿件在白先勇那儿,《现代文学》月刊,同意吗?"这一句轻描淡写的话如同雷电一般击在三毛的身上,她完全麻木了。

她一直看着顾福生,一直看着他,说不出一个字,只是突然想哭出来。

三毛当然是知道白先勇的,他是著名的作家,她爱他文字中每一种梦境中每一个活生生的人物,爱那一场场繁华落尽之后的曲终人散，更迷恋他文字里那份超越了时空的极致艳美。

白家曾是她家的邻居，但由于那份崇拜，使得三毛感到那不长的相邻距离，简直就不是她所能走完的。

有时她在寂静的斜阳下散步，猛看见白先勇从远远的地方悠悠地晃过来，便手忙脚乱地赶紧藏进路边的水泥筒里。

现在自己写的文章竟然要在他主办的刊物上登出来了！

三毛遮掩不住自己的吃惊和疑惑，梦呓般地问："没有骗我？"

"第一次写的作品，很难得了，下个月刊出来。"老师用"很难得了"几个字肯定了她的处女作，又进一步明白地告诉了她要刊登的消息，然而老师却说得很平淡，就像她画不好时也从不激动一样，稳住了一个从没自信的女孩子第一次意外地摘取了星星之后肆意奔涌的感情。

那一场长长的煎熬和等待啊!等得三毛几乎死去。

她捧着《现代文学》杂志,几乎是狂喊着跑回家的。

父母以为她出了什么事,匆匆地跑出来,惊愕地看着她。

"我写的,变成铅字了,你们看,我的名字在上面……"

父母捧住那本杂志,先是惊愕,接着潸然泪下。

这篇处女作就是《惑》。

但这时的三毛已不再是《惑》中的那个"我",不再有珍妮向她走来的幻觉,而是已经被唤醒了生命的光影了。

也正是因此,三毛才多次饱含深情地说,顾福生是她永远的恩师。

三毛文学创作的道路是从画室开始的,把一个没有太多绘画才能的少女引上了充满希望阳光的文学山峰,哦,平淡冷静却又有着巨大的育人热情的顾福生老师哟。

这里面有一个非常有意思的巧合。

我们在前面说到过,三毛在《惑》中所写到的那个珍妮,是美国著名作家罗伯特·纳森于1940年写的小说《珍妮的肖像》中的一个少女。《珍妮的肖像》写的就是这个少女和画家"我"的故事。

小说中有一段这样写道:

因为珍妮有我,就如爱米丽有吉尔勃特先生一样——这是她自己兴奋的秘密,或者高兴时偷偷告诉人,或者紧紧蕴藏在心里,一点不让人侵害。每个人在这样年纪时,都有个秘密。一个特别的秘密,一个私人的秘密——因为天地间任何事物都只是那唯一伟大秘密的一部分,年轻的心相互私诉的也就是这个,新景色——新声音——新意义——新的欢乐和恐惧——把她儿时原是清一色的心变作万花筒,里面装些晶莹的碎片。每转动一下,碎片就形成更新颖更荡人心弦的

图案……(《珍妮的肖像》罗伯特·纳森)

同样,三毛的"新景色——新声音——新意义"也是来自一位画家,使她儿时清一色的心变成了万花筒,形成了她后来新颖而又荡人心弦的图案。

一个未来的作家就这样偶然地也是必然地,在一个画家的分明是热情的却又显得平平淡淡的关切和引荐之下诞生了。

后来,白先勇告诉三毛,顾老师把她的《惑》交给他的时候是这样说的:"有一个怪怪的学生,在跟我学画,你看看她的文字。"

那么三毛的画怎么样呢?是不是非常的糟糕,或者也并不是非常的糟糕?

我们来看看一个人的评价。

这人是到一个朋友家去,为了避雨,结果朋友不在,他就坐着等。

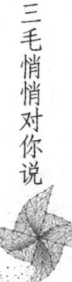

雨不再暴跳了，它们在窗前垂成一幕珠帘，温驯地挡遮了我的眺望。我不知道为何忽然有点焦虑，当我想取一本书来读，以便填塞在一幢大楼里独处的空旷时，赫然发现两张靠在书柜下方的画，我停了伸出的膀子，一下子蹲坐在地上，有趣地瞪着这两张风格互异的画。对于绘画艺术，我仅止喜欢，谈不上欣赏，这两张画之所以吸引我，并非我认为好或者不好。初时，是它们那被搁置的姿态使我感到滑稽。它们的模样是刚从装裱店里出来，歪在树干旁等待风干的闲散。事实上，它们都是尚未装裱，连框子也没上，甚至看得出有些风尘。我望着它们，竟又联想起一双流落异乡的浪子，他们甫跳下火车，两张还稚气的脸涨满了追索青春、理想的色彩，他们依着路旁的电线杆，匆匆促促地瞌睡了。

这样的印象和轮廓，越发让我觉得似曾相识。我定神地凝视其中一幅油画，它是用一块块橙红的油彩将画布涂得满满的，看似非常抽象，但作者利用几道黑色的线条又把这整片橙红分隔得十分具象。无疑，谁都可能凭直觉看出那是一片被太阳烘晒的荒原，干枯的树枝和崩裂的地缝叫人感到焦虑，甚至愤怒。可是，当这些直觉逐渐沉淀时，仿佛有股暖流游过心底，赶走了那强烈色彩所反射给人的阴影。我这才发现作者在这幅画中舍弃对光线明暗的处理，是很刻意的技巧。他在那样的炙热中，展现出一种似平面又近立体的世界。我想起海洋的壮阔，想起沙漠的无涯，那何尝不是我在稚龄时候幻想的一个孤绝的宇宙。当我成长后，我却曾经向往过。如今，我偶然在这画中寻到了过往的轨迹，我几乎看得见画者作画时的真、纯、骄傲。久久，我偏过头看左边的另一幅国画，这幅和油画风格迥异的国画具备了完全不同的技法和味道，但有种感觉告诉我，这是出于一个人的手笔。这幅画的确是国画中极其常见的题材——戏鸭图，区别在于线条富有工笔的练达，却更见泼墨的传神。更可贵的是画者那份追求放任、自由的心性，藉用墨笔，把和谐与爱表露无遗。适当的留白也显现画者具备的禀赋。我念着上面题的诗"沙上并禽池上瞑",还有作者"陈平"的落款。我惊呆了,顿时跳了起来,环顾四周,我必要找到一个人,在这幢楼里,让他告诉我,这陈平是谁?是不是三毛?是不是就是那个写了一本叫《撒哈拉的故事》的三毛?(《访三毛、写三毛》心岱)

这两幅画是三毛十多岁时的作品。

人生的相遇

其实,三毛对顾福生,不仅是永远的感激。

在跟顾福生学画以前,她是个自闭的女孩,也从未遇见过如此温和、亲切、对学生充满爱心而又拥有构成男性魅力的十分重要的气质——平静的老师,加上顾福生并不比她大多少,所以,内心细腻敏感的三毛,在这份感激之外,自然地涌起了更多依赖感。

关于这一点,她始终没有明确地说过,这真有悖于她后来的坦诚性格。

她只写了那篇《蓦然回首》,让人去咀嚼,让人去理解。

三毛在跟着顾福生学了十个月的画之后,顾福生要去巴黎了。

有一天,别的学生已经走了,三毛正在收拾画具,顾福生突然说:"再过十天我有远行,以后不能教你了!将你介绍给韩湘宁去学,他画得非常好,也肯收学生。要听话,我走了你去跟他学,好吗?"

"不好!"三毛轻轻地说。

老师的话,听上去好似非常非常遥远,遥远得那么不真实;自己的问答,也好似在没有流动感的真空里,空空荡荡的像不是自己说出来的。

顾福生当然还是走了。

三毛写道:"那艘叫作什么'越南号'的大轮船,漂走了当年的我,那个居住在一颗小小的行星上的我,曾经视为珍宝的唯一的玫瑰。"

这意味深长的玫瑰!

三毛说过,她的一切作品都是写她作为一个女性的真实经历,因而我们当然可以不必顾忌地把那里面的一个个的"她"都看成是她本人,毫无疑问,那一次次陷入感情之中的也就是三毛了。

总共有过多少回呢?

《雨季不再来》中,卡帕等待培是一回。但培终究没被等来。

培,你这样不来看我,我什么都做不出来(此时卡帕正在教室里,摊开笔记,坐在椅子上发愣)。培,是否该我去找你呢?培,你不会来了,你不会来了,你看,我日日在等待中度日。(《雨季不再来》)

《极乐鸟》中"我"跟 S 之间是一回。三毛提醒读者说,请把 S 念成 Sim,可见 Sim——S 是她生活中的一个非常具体的人。

我们在前面提到过《月河》中的林珊和沈。他俩都

是画画的,有几次,他俩的画同时被展出,可他俩却一直没有机会见到面。

在没见面之前,林珊曾经说过,要是哪一天碰到那个画表现派的沈,一定要好好地捉住他,跟他聊上一整天。

后来,他们终于见面了。

唱机放出一支缠绵的小喇叭舞曲,标准的慢四步。他碰碰她的肩,把她拉了起来,他们很自然地相对笑了笑,于是她把手交给他,他们就那样在舞池里散散漫漫地滑舞起来……

"我们终于见面了。"他侧着身子望着她,声音低低的,目光里却带着不属于这个场合的亲切。她抬起头来接触到他的目光,刹那间就好像被什么新的事物打击了,他们再也笑不出来。像是忽然迷失了,他们站在舞池里怔怔地望着彼此。她从他的眼睛里读到了她自己的言语,她就好像听到沈在说:"我懂得你,我们是不同于这些人的,虽然我们同样玩着,开心着,但在我们生命的本质里我们都是感到寂寞的,那是不能否认的事,随便你怎么找快乐,你永远孤独……"她心里一阵酸楚,就好像被谁触痛了伤口一样,低下头来,觉得眼睛里充满了泪水,分不清是欢乐还是痛苦的重压叫她心悸,她觉得有什么东西冲击着他们的生命,她有些吃惊这猝发的情感了。(《月河》)

《秋变》中的另一回,"她"坐在拉丁区的一家小咖啡厅里望着窗外出神,风吹扫着人行道上的落叶,秋天来了。

正在这时,"他"走来了。

"他"是个在挂巴拿马旗子的船上工作的中国海员,也许是由于天涯游子共同的寂寞,他们互相依偎着,默默地离开了那儿。

那是短暂的一天,他们没有赶命似的去看铁塔、卢浮宫、凯旋门,他们只坐在河畔的石椅上紧紧地依偎

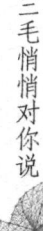

着,望着塞纳河的流水出神。

等等,还有。

也许因为这一切都显得不太真实,并且也没能成功,所以三毛要把这一个个"她"都安上虚构的名字,造成一种在读和她三毛无关的"小说"的感觉。

当然,这并不是说三毛不珍视那些不成功的感情。

她说过:"初恋是人生很重要的阶段,我把它列为一个重要的里程碑。这是第一道楼梯,非走不可,意义重大。人的一生可以忘记很多个很多个曾经交往过的朋友,却忘不了初恋。可见这个里程碑是这么重要。"

找哇找哇,"蓦然回首,那人却在灯火阑珊处",这人就是西班牙大胡子荷西。

三毛和荷西的爱情,是她一生中的一次真正成熟的爱情。

当然,什么叫"真正成熟的爱情"?这实在是一篇难以答完美的"论文",但三毛和荷西的爱情从一开始就异常潇洒,甚至多少有几分漫不经心,却又是确确实实的。

荷西的年龄比三毛小,他常跑到学校来找她,手上拿着钱,约她去看电影。

可是有一天,三毛却让他在公园里等她。两人见了面,三毛说:"以后不要来找我了。"然后说了一大堆的理由。

荷西也非常干脆,听完后说:"好的,我听你的话,不过请你等我六年。"

六年后,三毛重回马德里。

荷西又找到她。他已长大了,留着满脸的胡子。

他要她到他家去看看。三毛去了,进了他的房间,看见墙壁上尽挂着放大的她的照片。

那些照片,是荷西从三毛的一位朋友那儿找来的,被从窗子透进的阳光晒了六年,已经发黄了。

陡然间,三毛的心里充满激动,难以抑制。

荷西要三毛嫁给他,可是三毛说,我现在要到撒哈拉去,你要我嫁给你,那就等我从那儿回来。

"结果没有几天,荷西从撒哈拉寄了封信来,他已在那里等我了。我不能犹豫,打了封电报,告诉爸爸,我要结婚了,嫁给荷西,一个所谓的潜水员。"

然而这丝毫不带缠绵的"蓦然回首"的一次人生相撞,却让三毛获得了终生难忘的灵魂满足。

这是因为如三毛所说的,它不是建立在内心的空虚之上的,也不是钟情于外在的风度,而是因为他们有着非常投合的性格,有着一致的人生态度,有着共同的对于大自然的热恋。如果没有这份热恋,荷西尽管爱着三毛,也未必会抢在三毛的前面到达撒哈拉。

这份共同的热恋,使他们能心甘情愿地忍受沙漠恶劣的自然条件、惊人的文化贫困和拮据的经济状况,使他们能不约而同地坐到窗前听大海的涛声,看水波中荡漾着的夕阳余晖,一直无声地坐到天色渐渐地暗下去,从而得到灵魂的舒展和文化的补偿。还有彼此的宽解。三毛甚至不要荷西为了她而硬去喜欢文学,取得她的欢心。他有他的喜好,他应该自由地当他的潜水员。

他们因此而爱得那么热烈。

说起热烈,他俩几乎不能分离。哪怕偶尔分离十天半个月,彼此也会痛苦得没法忍受。

有一次,由于时局的关系,三毛被迫离开了沙漠,离开了荷西十五天。那十五天里,她白天不想吃,夜晚不想睡,度日如年。

三毛回家乡看望父母,荷西也难分难舍。三毛才走了几天,他就几乎一天一封信,并且编造了一个"卡洛的故事"。

他说她回家乡后,隔壁搬来了一个英国女孩,叫卡洛。卡洛为人很热情,帮他给屋子刷油漆,挂窗帘,做家务,教他英文,还请他吃饭,有时他们还一起打网球。

三毛大吃其醋,扬言要立即回来打碎卡洛的头。

结果发现,这完全是荷西为了骗她快些回来,在学习着创作小说。

然而三毛发现上当已为时晚矣。

这当然并不是说,"蓦然回首"才有真正的爱情,三毛的幸运可能也完全是偶然的。

可三毛毕竟是幸运的,连她父亲也说——她父亲见到过荷西——"Echo,该满足了,有几个人有你这样的福气!"

可是荷西却意外地死了,淹死在大海里。

三毛没法接受这个事实,因为爱得太深,因为正逢爱的热烈之中,谁会想到死和永久的别离!

三毛被打蒙了,心的天空重新乌云密布。但这回落下的是深切地体验了爱之后的极度的悲怆和对人生无常的深深的困惑。

和荷西在一起的六年生活,三毛一生中最灿烂的一段岁月,就这样匆匆地令人不相信地结束了。

珍贵的爽泼

我总喜欢跟人讲三毛在《西风不识相》中所说的故事,因为它们最能反映出和先前的那个软弱的"雨季"少女所不同的另一个三毛,它们是爽泼的三毛的镜子。

故事一:

那一年,三毛带着父母庄重的叮咛到了西班牙,住在一个叫作"书院"的女生宿舍里。

四个人一间大卧室,三个是"洋鬼子"。开始的一段日子大家相处得非常好,这是因为三毛事事温和、时时甜蜜。

按规定,每天清晨起床后大家要铺好床,打开窗户,扫地,换花瓶里的水,擦桌子,整理乱丢着的衣服,等九点钟院长上楼来看时,一定得窗明几净才能通过检查。

最初的一个月,室友们对她很好,除了铺自己的床外,别的都不让她做。

三个月后,她开始不定期地铺了自己的床,又铺别人的床,起初是只帮一个人铺,后来是两个,最后是三个。

最初同住时,大家抢着扫地,不许她动扫帚。

三个月后,她静静地擦桌子,拖地板,帮别人挂衣服,别人只当没看见。

她的漂亮衣服也成了公用的了,并且不是借,是自己动手拿、挑,像在时装店里。

每天都有五六个女孩子同时穿着她的衣服,在那儿谈笑自若,似乎忘了这衣服是她三毛的。

如果她在宿舍,找她的电话便一个接一个:

"三毛,下雨了,快去收我的衣服。"

"三毛,我在外面吃晚饭,你别睡,帮我开门。"

"三毛,我的宝贝,快下楼替我去熨一下那条红裤子,我回来换了马上又要出去,拜托了!"

"替我留份菜,美人,我马上赶回来。"

刚放下这些支使人的电话,洗头的同学又在大叫:"亲爱的,快来替我卷头发,你的指甲油随手带过来。"

更岂有此理的是,同室的"宝贝"总埋怨:"三毛,今天院长骂人了,你怎么没扫地?"

考虑到中国的礼教,她便一味地退让着。

终于有那么一个晚上,宿舍的女孩子们偷了望弥撒的甜酒,统统挤到她的床上来横七竖八地坐着、躺着、吊着,闹得天翻地覆。

三毛不喜欢她们在她的床上躺,乌烟瘴气,连说了四遍:"好啦!走啦!不然去别人房里闹!"但是没有一个人理会她。

院长铁青着脸站在门口:"疯了,你们疯了,说,是谁起的头?"她大吼一声。

三毛靠窗站着,坦然地看着这群疯子,心想,这回你们总要受到惩罚了。

可是没想到,院长居然对着她破口大骂起来:

"三毛,是你!我早就想警告你要安分,看在你是外国学生的分儿上,从来不说你,你给我滚出去,我早听说是你在卖药。你这个败类!"

这使三毛意外得要气昏过去。

什么卖药?卖药的是贝蒂!是他们西班牙的贝蒂!

她曾一再地思考:

为什么我要凡事退让?因为我是中国人。

为什么我要助人?因为那是美德。

为什么我不抗议?因为我有修养。

为什么我偏偏要做那么多事?因为我能干。

为什么我不生气?因为我不是在家里。

可是这会儿她忍无可忍了,顾不上什么修养、礼教和孤立无援了……

她冲出房间,在走廊上拿了把扫帚又冲回房间,如雨点般地对着疯子们打下去,边打边叫。

扫帚终于被硬抢了下来。于是她举起桌上的宽口大花瓶,连花带水地对着院长泼过去。

院长没料到她那么敏捷,连退都来不及就被泼了一身。

院长的脸气得扭歪了,大吼:"三毛,你明天必须当众道歉!"

"我?"三毛尖叫起来,冲过人群,拿起一本厚书又要砸过去……

整个房间变成了狼藉的战场。

故事二:

三毛已经从西班牙到了德国,在"歌德书院"里啃德文。

这地方曾经也来过一个中国学生，他的室友带别人来住了三个月,他居然从不抗议。

校方知道了,叫他来问,他还谦恭地笑着说,没有关系,没有关系。

三毛分到的房间在走廊的倒数第二间。

起初她搬进去住时,那最后一间是空的,没几日,隔壁搬来了一个金发的冰岛女孩子。

这个从第一次见面就对三毛冷若冰山的女人,对自己的朋友们可是热情如火，她每隔三五天就抱回来一大堆啤酒和食物,在房间里举行派对。

高声的吵闹,嘈杂的音乐,再夹着一大群人兴奋的尖叫、追逐,只有一墙之隔的三毛被烦得神经衰弱,念书时一个字也记不进去。

到第四个星期，他们干脆在和三毛共用的阳台上追逐嬉戏,尖叫着丢空瓶子……

这表明那座"冰山"根本无视她的存在。

三毛终于去抗议了，却被她极为蛮横无理地给赶了出来。

三毛找到了学生宿舍管理处。

"你说这个邻居骚扰了你,可是我们没有接到其他人对她的抗议。"那个类似管理员的人说。

"她做的事都是不合规定的,但是我们不能因为你一个人的抗议就请她搬走,并且我也不能轻信你的话。"他又补充道。

于是三毛就录了音,把那些乱七八糟的声音都录进了磁带,放给他听,然后问:"您看,她可以搬出去了吗?"

一个星期之后,这座疯狂而又傲慢的"冰山"静悄悄地搬走了,事情解决得意外地顺利。

不过,这个管理员没忘记说了一下那个原来住在这里的中国男生的窝囊故事,并且纳闷儿地嘀咕了一句:"贵国的学生,很少有像你这样的,他们一般都很温和,小心翼翼。"

故事三：

这是在美国了。

有一对美国中年夫妇,他们非常爱护三毛,周末假日经常开车来宿舍接她去各处兜风。

夫妇俩在山坡上有一幢非常美丽的大洋房,在镇上开着一家成衣批发店,可是却没有儿女。

感恩节到了,三毛自然被这对夫妇请到家里去吃大餐。

吃饭时,这对夫妇一直望着她笑,红光满面。

"三毛,吃过了饭,我们有一个很大的惊喜给你。"

"很大的惊喜？"三毛奇怪于他们的表达,差点噎着。

"是,天大的惊喜,你会快乐得跳起来。"

三毛不知道这天大的惊喜究竟有多大,这天大的惊喜又是怎么回事,便迅速吃完了饭,等待他们揭开谜底。

这位太太很激动地注视着她,眼眶里满是喜悦的泪水。

"孩子,亲爱的,我们商量了好多天,现在决心收养你做我们的女儿。"

"你是说收养我?"

三毛不相信自己的耳朵,她真的变成张乐平画笔下那个可怜的三毛了。

"是,是的,收养你,做我们的女儿!"

三毛吁了一口冷气——

他们决心收养我,给我一个天大的惊喜,但是,他们没有问我,他们只是对我宣布他们的决定!

"亲爱的,难道你不喜欢美国?不喜欢做这个家里的独生女儿?将来,将来我们,我们过世了,遗产都是你的。"

三毛气得胃马上痛起来,但脸上仍笑眯眯的。

"做女儿总是有条件的呀!"她要套套卖身的条件。

"怎么谈条件呢?孩子,我们爱你,我们领养了你,你跟我们永远永远幸福地住在一起,甜蜜地过一生。

"这世界坏人很多,你不要结婚,你跟着父母一辈子住下去,我们保护你。做了我们的女儿,你什么都不缺,可不能丢下了父母去结婚哟!"

这样残酷的养儿防老,一个女孩子的青春,他们想用遗产来交换,还觉得对她是一个天大的恩赐。

三毛站起来,理理裙子,不客气地说:"再说吧,我想走了。"

当然,她没有跟他们去"再说",因为此时她再看这两个富有的美国人,早已觉得他们是那么丑恶——

他们优雅的外表之下,包着如此自私的心,在人格上穷得没有立锥之地。

三毛说,她之所以要这样做,有时甚至像个弄风白额大虫、跳涧金睛猛兽,完全是因为那些人没有给予她应该受到的尊重,她要尊严。

"国民外交固然重要,但是在建交之前,绝不可国民跌跤。那样除了受人欺负之外,建立的邦交也是没有尊严的。"

猪能吃老虎

三毛出于对尊严的自我维护,打了同学,用水泼了院长以后又怎样呢?

奇怪的是,我没有滚,我没有道歉,我不理人,我任着性子做事,把父母那一套丢掉,这些人倒反过来拍我马屁了。

早饭我下楼晚了,会有女同学把先留好的那份端给我。

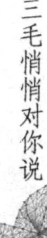

洗头还没擦干,就会有人问:"我来替你卷头发好不好?"

下雨了,我冲出去淋雨,会有人叫:"三毛,亲爱的,快到我伞下来,不要受凉了。"

我跟院长僵持了快一个月。有一天深夜,我还在图书室看书,她悄悄地上来了,对我说:"三毛,等你书看好了,可以来我房间里一下吗?"

我合起书下楼了。

院长的美丽小客厅,一向是禁地,但是那个晚上,她不但为我开放,桌上还放了点心和一瓶酒、两个杯子。

我坐下来,她替我倒了酒。

"三毛,你的行为,本来是应该开除的,但是我不想弄得那么严重,今天跟你细谈,也是想就此和平了。"

"卖药的不是我。"

"打人的总是你吧!"

"是你先冤枉我的。"

"我知道冤枉了你,你可以解释,犯不着那么大发脾气。"

我注视着她,拿起酒来喝了一口,不回答她。

"和平了?"

"和平了。"我点点头。

她上来很和蔼地亲吻我的面颊,又塞给我很多块糖,才叫我去睡。(《西风不识相》)

另一件事更有意思,发生在三毛去西班牙的途中。

三毛是从香港起飞的,买的是莱克航空公司的机票,预备到伦敦希思罗机场后,再换机飞往马德里。

谁知这飞机在伦敦不经停希思罗机场,而是经停盖特威克机场,然后由盖特威克机场乘一小时出租车才能到希思罗机场,再由希思罗机场搭乘英国欧洲航空公司的飞机去马德里。

飞了二十一个小时,昏天黑地,总算到了盖特威克机场。按规定,先要通过护照检查,才能到希思罗机场换机去马德里。

没想到,三毛被拘留了,原因嘛——机场移民局的官员说:"你很聪明,想趁换机场的机会,半途溜进英国是不是?"

三毛被带上了警车,送到了一幢二层楼的房子里。

她问警官:"什么样的人被关在这里?都是些什么人?"

警官说:"都是些偷渡的。"

三毛大叫起来:"我没有偷渡,我如果再多关一小时,出去就找律师告你!"

警官叹了口气说:"我不知道你做了些什么,但是你可不可以闭嘴?"

"不闭!"三毛大声讲。

警官被吵得昏头涨脑,说:"来来,我也不想工作了,煮咖啡喝吧!"

三毛说:"请多放些水。"

警官问:"为什么?"

三毛不回答他,而是在桌上放了一大排杯子,然后去每一个房间叫门,全是和她一样被关押的人:"出来,出来,老板请喝咖啡了!"

警官一看她把人都叫出来了,口里说着:"唉唉,你是什么魔鬼呀!我头都痛得要裂开了。"

三毛问:"以前有没有中国女孩来过?"

警官说:"有,可人家跟你不同,人家静静地在房内哭着,你怎么不去哭呢?"

三毛捧着杯子,喝着咖啡,告诉他:"我不会哭,这种小事情值得一哭吗?"

再说,这种经历真是求也求不来的,人生几度夕阳红——人生几度坐监牢呀!

终于等到了下午六点,三毛又被警车送回机场大厦。

一位移民官开始一本正经地宣布移民局对三毛的判决,并警告三毛客气一点,否则就会被送回香港。

"判决"的内容大概有这样几点:申请入境理由不

足，所以不予照准；有偷渡入英的意图，因而驱逐出境——目的地西班牙。

三毛不愿意偃旗息鼓，一走了之，而是庄严地反击：

"你说我申请入境不予照准，请你弄明白，我没有'申请入境'。世界上任何一个国家的国际机场都设有旅客过境室，给没有签证的旅客换机。今天我不幸要借借路，你们不答应，这不是我的错误，是你们没有尽到服务的责任，这要你们自己反省。我没有申请的事情你们不必胡乱拒绝。

"我没有偷渡入境的意图，我指天发誓。也许有少数的害群之马做过类似的事情，给你们留下了不好的印象，但是我还是要申明，我没有偷渡的打算。英国我并不喜欢居住，西班牙才好得多。

"'驱逐出境'这四个字，请你们改掉。因为从清早六点到现在，我始终在'境外'，既然在境外，如何驱逐出境？请你们改一下文件，写'给予转机西班牙'，那么我才同意签字。如不同意,那么再见,我要回拘留所去吃晚饭了,现在我讲完了。"

移民官交叉着手,听完了,目光居然变得十分柔和了。

他突然握住三毛的手,说:"好勇敢的女孩子,你去吧,晚上九点半有一班飞往马德里的飞机,在希思罗机场。欢迎你下次有了签证再来英国,别忘了来看我。你说话时真好看,谢谢你给我机会听你讲话,我会想念你的。"

拘留所还专门派了个叫劳瑞的人送她去机场。

出租车在黄昏的路上缓缓地开着,劳瑞充当着导游。

有人在绿茵茵的草地上散步,有商店在做生意,有看不尽的玫瑰花园,有骏马在吃草,世界是如此安详美丽,美得令人叹息。

车到希思罗机场,劳瑞将我的行李提下去,我问

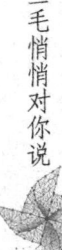

他:"出租车费我开旅行支票给你好不好?"他笑了笑,说:"英国政府请客,我们的荣幸。"

我们到希思罗机场的移民局,等飞机来时另有人送我上机。我一面理风衣,一面问劳瑞:"你玩过猪吃老虎的游戏没有?"他说:"什么?谁是猪?"我说:"我们刚刚玩过,玩了一天,我是猪,移民局是老虎。表面上猪被委屈了十几小时,事实上吃亏的是你们。你们提大箱子,陪犯人,又送饭,打字,还付出租车钱。我呢,免费观光,增了不少见识,交了不少朋友,所以猪还是吃掉了老虎。谢啦!"

劳瑞听了大声狂笑,一面唉唉地叹着气,侧着头望着我,半晌才伸出手来说:"再见了,今天过得很愉快,来信呵!好好照顾自己。"他又拉拉我头发,一面笑一面走了。(《赴欧旅途见闻录》)

三毛显然是想说,"猪"的胜利,是尊严的力量的胜利。这是三毛对于人生的一种态度。

永远的温柔

可三毛又绝不是一只"弄风白额大虫",她简直永远也摆脱不了那与生俱来的温情和爱心!这就使她无法容忍自己眼皮底下的一切不平和欺凌,无法阻止自己时时陷入与己无关、完全是别人的人生悲哀之中去,思考着那些令人困顿和愤怒的罪恶原因。哪怕是目睹他人的再正常不过的一个什么痛苦,也会搅得她心神不宁。

那究竟是由她父亲还是她母亲,抑或是由他俩共同帮她插上的善的天使翅膀呢?

那一对有钱的美国夫妇如果能了解这一点,不采用那种不平等的恩赐方式,那么谁又能料到结局如何?

如果他俩仅仅是在关切和爱护三毛的同时,无言地流露出对于晚年孤单的担忧和黯然,而不是那么不明智地"宣布"所谓给予三毛的"天大的惊喜",那么……

所以她在报上读到一则寻人启事,竟要为它整整难过一天:"阿珠,我前几日南下去找你,找不到,一个人背景(井)离乡,永别了,预祝生日快乐。阿雄。"

所以她才在《温柔的夜》中深深地自责:"老天爷,我怎么折磨了一个真正需要帮助的灵魂,这一个晚上,我加给了这个可怜的人多少莫须有的难堪,而他,没有骗我,跟他说的一模一样——只要两百块钱渡海过去。"

她深切地乞求谅解:"饶恕我吧,我加给你的苦痛,要收回去已是太迟了。"

其实"这一个晚上"原本并不是温柔的啊,而三毛却称它是《温柔的夜》,这是因为当她深深地自责后,那由于未能理解而一时"失落"的爱心,又如一张毯子,温柔地向她覆盖了上来。

"夜,像一张毯子,温柔地向我覆盖上来。"

她高兴于自己对他人新的理解,以及自己驱除了冷漠的曲解。

三毛和荷西离开撒哈拉沙漠之后,搬到了非洲西北海域的西属加那利群岛。

这是一个平静的小海湾,是北欧人度假和退休后来居留的一块乐土。

那阳光普照、四季如春的气候,那美丽的洋房和番茄田,那在太阳之下的安详的狗的影子……

然而三毛却在这一切的美好中看到了一张可怕的老脸——他在一扇紧闭的窗后。

他叫加里,是一个瑞典人。

谁都知道他独自住在这儿已经两年了,却没有人知道他究竟有多大年纪。

谁都知道他已经有两年没出过房门,没晒过太阳,但他们都毫无例外,事不关己地说上一句:"那是因为他的一只脚是跛的。"

可是三毛却因此而每天望着那一片繁花似锦的小院落里的那一扇扇紧闭着的门窗,闷闷不乐地牵挂着:他应该出来晒晒太阳。他如何维持自己带病的生命?这个老人每天是如何度过他的时光的?

她对荷西说:"荷西,我们每天做的菜吃不了,我想有时候不如分一点去给隔壁的那个加里吃。"

荷西说:"随便你,我知道你的个性,不叫你去,你会连自己的饭也吃不下。"

三毛端着一盘菜爬过墙去,打开了加里的家门。

"加里,是我,我拿菜来给你吃。"

这是一个臭不可闻的房间,令人作呕的气味一阵阵地散发出来。

堆积如山的空食物罐头瓶，加里就是依靠它们活着的。

没有床单的软床垫上，黑糊糊的不知是粪便还是什么。

床头有张发黄了的照片，上面有一对夫妇和五个小男孩。他们很幸福地坐在草坪上。

照片里面的男人是加里吗？其他人上哪儿去了？

他的右脚，有两个脚趾已经烂掉了，流出脓血来，整个脚都是黑紫色的，肿得好像大象的脚，这片黑紫色的肉一直快烂到膝盖，臭不可当。

由于语言不通，不能知道关于他更多的情况。

三毛敲开了另一个不认识的瑞典人的家门："是这样的，我有一个瑞典邻居，很老了，在生病，他在这个岛上没有亲人。我想请你们去问问他，他有没有医药保险，家人是不是可以来看顾他。"

"哦，这不是我们的事，你最好去城里找领事。"

说着，那个瑞典人微微一笑，把门轻轻带上了。

三毛又去找社区的负责人,说明了加里的病。

"我只是大家公推出来的一个名誉负责人,我是不领薪水的,这种事你还是去找领事馆吧,我可以给你领事馆的电话号码。"

"太太,你的瑞典邻居又老又病,不是领事馆的事。只有人已死了,我们才有代办文件的职责,现在不能管他,因为这儿不是救济院。"

…………

"我们不是他的谁,我们为什么要对他负责任呢?"荷西苦恼地说。

"荷西,我也不想管,可是大家都不管,这可怜的人会怎么样?他会慢慢地烂死,我不能眼看着有一个人在我隔壁静静地死掉,而我,仍然过一样的日子。"三毛说道。

"为什么不能?你们太多管闲事了。"正坐在三毛家喝着咖啡抽着烟的一位英国太太嘲笑地望着他们说。

"因为我不是冷血动物。"三毛盯着这个英国女人慢慢地说。

"好吧,年轻人,你们还是孩子,等你们有一天五十多岁了,想法也会跟我一样。"

"永远不会,永远!"三毛发起怒来。

三毛拖着荷西一起把加里送进了医院。

他们把加里的房间收拾打扫一新,迎接着他的归来……

然而加里还是死了。

那个哑巴"吹兵"还活着吗?

亲爱的哑巴"吹兵",这一生,我没有忘记过你……而今你在哪里?请求你给我一封信,好叫我买一大包牛肉干和一个金戒指送给你,可不可以?(《吹兵》)

那时候三毛才上小学四年级,是个瘦瘦小小的女孩。班里轮到谁当值日生,谁就要到学校厨房的大灶上

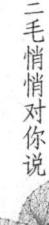

去拎开水。一个哑巴兵帮助三毛把那一大桶开水提到了教室里,他们认识了。

三毛在地上用一块碎石片写字问——什么兵?

哑巴笑着在地上画道——炊兵,可是"炊"字写错了,写成了——吹兵。

于是,三毛成了"吹兵"的小老师,每天都要蹲在地上用碎石片教他识几个字。

哑巴也给三毛讲故事,讲自己是四川人,在乡下种田,娶了媳妇,媳妇正要生孩子,自己就被抓去当了兵,后来又到了台湾,家中媳妇生的是儿子还是女儿都不晓得。

他在三毛的身上灌注了对没见过面的儿女的温情。

哑巴所在的队伍又要开拔了,他要送给三毛一个金戒指。

他蹲在地上写道——不久要分别了,送给你做纪念。

可是老师却把这一切都理解为哑巴对三毛存有歹念。

三毛不敢跟他来往了。

哑巴要走了,他走进三毛的教室,给了三毛一大包牛肉干,三毛接住了,但在老师威严的目光下,却不敢跟哑巴说一句话,做一个能表达自己内心情感的手势。

哑巴的眼睛里布满了红血丝,他认认真真地敬了一个礼,肩上似乎压着巨大的悲伤,低着头走了。

这一走就是永别。

这一永别就把一份沉重的歉疚感死死地压在了三毛的心上,直到后来,无论如何也卸不掉,尽管这完全是由老师的荒唐所造成的。

正像如果让加里就那么在她的隔壁独自死掉,她也忍受不了。

怎么办呢?无可奈何永远的爱心呵!

浪漫的乡愁

三毛在撒哈拉生活得拮据、艰难,内心充满了对于沙漠文化的困惑和惊骇,甚至连荷西的死也完全是由于到撒哈拉去这件事本身造成的。

她可以不去,而在家乡,在美国,在马德里,或者在别的什么地方生活得安安稳稳、轻轻松松、舒舒服服。但她却不可能不去。

她到撒哈拉去,是因为在翻看那本美国《国家地理》杂志时突然涌起了属于前世回忆似的乡愁。

乡愁是什么呢？她的故乡在中国的台湾，她的祖籍在中国浙江的宁波！

这已不是通常所说的对于故乡的眷恋感和记忆中的亲切的冲动，而是一种个性渴求和文化兴趣，是三毛一直在苦思和寻找的生活氛围及人生感受，是想象中的某种景象——"无际的黄沙上有寂寞的大风呜咽着吹过，天是高的，地是沉厚雄壮而安静的"——是一种难以言传的自然意识和灵魂向往。

因而当三毛在到达撒哈拉的一瞬间被它深深地吸引住，感到了多少年来所渴求的亲切和激动时，当她把自己毫无保留地交给了撒哈拉时，她的内心对功利的权衡、盘桓和对于未知前景的费心估量便荡然无存，而是整个身心都沉浸到了莫名神圣的欢呼中去了。

中学社会学教师克里斯塔·麦考利夫因此登上了"挑战者"号航天飞机，在和宇宙融为一体的庄严中，达到了辉煌的永恒。

著名的美籍作家韩素音的女儿，哈佛大学某年最优秀的毕业生，也因此去了农场当了洗马工。

她们都渡过了人生的俗流，站在了超然的彼岸。

尽管彼岸可能是"漫天的风沙，在白天时，热得水都烫手；到了夜里，却冷得要穿棉袄"——这是三毛对撒哈拉的描绘之一。

彼岸往往不是天堂，撒哈拉更是比三毛去过的任何地方都要糟糕。

为此，三毛很多次问自己，我为什么非要留下来呀，为什么要来到这个早已被世界遗忘了的角落？

三毛回答自己说，因为在这儿我呼吸到了千百度寻找的梦幻中的气息，成了一个像空气一样自由的人。

我们喜欢谈论自由，但我们却常常意识不到，自由对于个人的高层次体现，更多地应该表现为对某种时下流行的大众标准和行为的充满个性的摆脱，对于独特的文化兴趣和渴求的毫不犹豫的实现，而不是跌入社会日常心理模式，譬如统统都去争拿文凭或者统统都去经商，都去谋取能挣钱的职业。

固然，这刻板的标准和模式循环也表现了社会现代化进程中的某种必然程序，但作为人，一再被它所左右却并不合乎人的现代化要求。

三毛是现代的。

有部话剧，写的是大学生去大西北的故事。主要有三个人物，他们是 A、B、C。

A 准备去那儿既干一番事业，也挣一笔钱，再遇上个漂亮的女人。

B 去那儿是想实现他的文学梦，出几本诗集。

C 嘛，作为一出戏的全面考虑，当然是让他去那儿支援建设，干"四化"。

有人说，这还不全面，如果是三毛去，至少还要加上个 D，三毛式的 D。D 什么也不为，只是为了那份三毛式的渴求，为了梦幻中的气息……

送琼瑶一匹马

当三毛还是个忧郁的少女的时候,就已经是琼瑶作品的痴心读者,那时,她们还不认识。

每天清晨六点半,三毛准要坐在小院的台阶上,等着刊登琼瑶连载小说的报纸到来,不吞下那一天的几百字,她的一日似乎就没法开始,开始了也痛苦,若有所失。

荷西死后,三毛处于极度悲伤之中,琼瑶一封电报拍到撒哈拉:"Echo,我们也痛,为你流泪,回来吧,台湾等你,我们爱你。"

穿着重孝的黑衣,出于礼貌,三毛不敢去琼瑶家。

琼瑶又打来电话:"Echo,这不是考虑礼貌不礼貌的时候,你来我家,这里没有人,你来哭,你来讲,你来闹,随便你几点走,都是自由的。你来,我要跟你讲话。"

三毛去了,琼瑶一口气缠了她七个小时,只为了要逼着她说一句话——"我答应你,陈姐姐,我不做傻事。"

说了还不够,她又要三毛答应,回到家里,当母亲开门的时候,第一句话就要对母亲说:"妈妈,你放心,我不做傻事,这是我的承诺。"

这时候,沙漠生活和广阔的视野早给了三毛性格的支撑点,她想到离去却未必就会真的离去,可琼瑶的"逼迫"毕竟还是缩短了她的痛苦期,帮助她更快地获得了平衡,所以事过之后,三毛对琼瑶在尊崇之外,又多了深深的感激。

可是这尊崇、这感激,都并不能取代和改变三毛对于琼瑶的某些做法的不同观点。

那一年圣诞节的时候,琼瑶和她的丈夫平先生送了三毛一匹马,一匹有斑点的印在陶器盒子上的漂亮的马,因为琼瑶知道三毛爱马,爱一切有生命的东西。

于是,三毛也想送琼瑶一匹马——一匹由她自己画的马。

它既不是圣诞节或生日礼物,也不是为了表达对关切她的陈姐姐的感激,而是以一种非同寻常的方法对琼瑶进行批评、规劝。

她认为琼瑶生活得太狭隘了,只知道写,写小说,写电影,似乎不懂得人生还有别的乐趣,还有获得乐趣的别的天地。

琼瑶把自己的前半生,几乎完全交给了长夜下写字桌上的那盏孤灯,交给了那一次又一次磨破了缠起了纱布的手指,为此而乐,为此而悲,为此而情绪低落到极点,也为此而奋然。

太窄了,这人生。

人生应是一次更广阔的旅行。

三毛不理解琼瑶为什么要把自己完完全全地嫁给了一盏灯,而缺乏更多的"伴侣",甚至连稍稍放松一下都不肯,每次度假也总是被别人逼迫着才肯去。

夜晚,台北电影院高墙的霓虹灯下,贴着琼瑶写的电影广告和琼瑶的画像。

三毛看着不由得问琼瑶:陈姐姐,你难道不觉得寂寞吗?

人生真不应该这样寂寞,这样单调,一辈子行走在一条窄窄的没有出口的狭弄里!

三毛绝对受不了这一点。

她爱在广阔的空间里流浪,骑着马,驾驶着"马";她追求在五颜六色的背景中获得更丰沛、充实的人生体验,而写作只是这体验的一个组成部分,是做好一个妻子、一个人的同时的一种延续和补充。

她希望琼瑶也能这样,骑上她画的马,走出那锁住了自己的可园,奔到一个更大的世界中去,呼吸新鲜的空气,接触更多的人,只奔得"你的什么巨星影业公司都远成了一个小斑点,跑到你的头发在风里面飞起来"。

三毛祝琼瑶旅途愉快。

庄重地升起朝阳

对于人生,三毛一直是认真的。

曾经是认真地自我否定和摆脱,踽踽独行地满足着灵魂的渴望;后来则是结束了流浪,把那份朝阳般的热情变成了崇高的职业感,塑造起别人的人生了。

她在台湾"中国文化大学"当起了教师,教"小说研究"和"散文习作"两门课程。

此时的三毛,已不是往日撒哈拉沙漠中的三毛,等着她的有无数的信件、电话和透着渴慕的约见。

她是个何等忙的人!

作为一位著名的作家,她真不该接受这一份聘请,还同时开设两门课。

如果换成别人,自己有无数的文章要写,加上和名声有关的无数的社交、无数的琐事,谁知道会怎样马虎、误人子弟?

而这一切,似乎天生就和她三毛无缘。

开弓没有回头箭,她从来没学会敷衍地对待自己的选择。

干什么都得漂亮!

一星期总共四节课,为了准备这四节课,她差不多总要看十五本书。——这就不说了。

她还要想着和"小说研究""散文习作"并不是有着"必然"关系的人生教育,因为她觉得,教文学,如果不传道,则作为师者是不全面的。——这也不说了。

选修她的课的学生总有一百多人,加上旁听的,就经常两百出头。

她连旁听学生的作业也批改!这样,一个星期就有五天的时间花在批改作业上。

我们看三毛的书,肯定都没注意那里面有一份三毛批改的作业。

我问过许多人,都说没注意。

我看了,看了之后是持续很长时间的震动。不是为了它所体现的三毛即兴的敏感、丰富的知识和对于中国文化的深刻理解,这些倒是不乏为人所拥有,而是为了她那崇高的职业感和作为一名教师的可贵的认真精神。

也不止一份作业是这样,她一直是这样做的。

按照她的意愿,最好是只给几个学生上课,尽心竭力地把他们教好。可现在学生太多,多了就没有具体了解他们每个人的可能,也就不可能有针对性地教。

这是一个遗憾,三毛一直想最大限度地弥补这一遗憾和缺陷。她就把这种愿望和努力体现在了作业和考卷里。

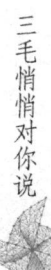

下面这份作业,括号里的话均为三毛所写。

学期作业报告　　指导老师　　陈平

戏剧系二　　宋平

1.我最喜爱的一本书,为什么?

《人子》。因为有一阵子我看老庄的书(看哲学书便如打坐,没有上师在旁指途是很危险的事,切记。)看得入迷了,就很想像老庄一样,抛弃一切世俗的道德规范,遁入山林,做个自由自在的人。(庄子、老子仍然做书,可见没有抛弃"一切"。请再思老庄哲学真正的中心所在,抛与不抛之间仍有它的道理,请慢读老子《道德经》三次,细嚼"万物作焉而不辞"这句话。再说,"自由自在"四字的意思并不只在山林,所谓"大隐隐于市,小隐隐于野"的说法,其实便是"境由心造",不在于环境。请再体会。)可是,又觉得老是一个人,也不太受得了。(悟道之途尚远又近。回头是岸,聪明孩子也。)

　　第一次看《人子》,把它列为老庄一派的书。再看

《人子》,觉得它是一本反老庄的书。(那个"再看"两字好。)因为里面的每一个故事的最后,都是在告诉我:生而为人,就只有在人群中找寻自己理想的答案。(请不要忘了去看看孔老夫子,很久没去拜望他了,是不是?)尤其是《鹞鹰》一篇,主人把鹰训练成一只完美的鹰,而最后将它放回天空。鹰的完美要在天空下的生活中才能显现得更充满生命力,我想人也一样。(你"想",尚没有肯定吗?也好,再去想想。)书中人类的主角几乎都是在老了之后,才发觉自己追求的目标就在自己身边。(还好没有死了才晓得,只是老了才晓得,仍然来得及。朝闻道,夕死可也。)我想我用不着用自己的一生去做书本中的这个试验,所以我回来了。(来去都在冥想中,并不付诸行动,当然来去自如了,倒也简单方便。)然后,我发现要实现自己的理想真的是要在人群中,因为我感到当我做的时候,不但是为自己,也是为别人。(亿万苍生皆我身之理也。)

(《人子》的作者,老师固然知道是鹿桥先生,可是报告中写出作者来，更周全。你喜欢这本书的内容和由书中得来的人生体验，都是可贵的，但分析本书的话可以再多写二十字，就更好了。）

2.我最喜欢的戏剧种类。

我喜欢电影，因为电影最能把导演的风格完全地呈现，不会在演出时受到人为因素的影响，而破坏导演在剧中所要表现的中心思想。（导演之外尚要哪些人的合作才能将电影拍得完美？请再思。）

我喜欢有内容的电影。（谁又不喜欢呢？）至于题材便没有什么选择了。（好！）但纯娱乐片我也爱看。（纯娱乐片其实也有内容。）其实，只要在一部片中，有一个镜头可看，对我，就有价值了。（有悟性，好。）

对于外国的电影、导演、制片公司，由于老是记不清那一串串名字，所以没有什么印象。（好电影不在名字，深印象当在内容和表达的手法上，是不是？）所以，对于外国片，我便简单些说了。

…………

我们的武侠电影(和小说)在世界上是最独树一帜的题材。如果我们不能把它发展成像美国西部片一样的声势,那实在是很丢脸的一件事。(再说!再说!)

　　据说,在我还没出世以前有一部拍得不坏的武侠片(什么片名?),可惜我没赶上。不然拿它来和《名剑》和《决战》比一比,不知会不会把这两部比下去。("不知"两字用得留心又客观,在此是一好字。再说!)

　　《名剑》的重点是两场:一场救人,一场生死决斗。这两场戏好在节奏明快,没有多余的对话和动作,而且剪接奇佳,所有我看过的电影中,《名剑》这两场的剪接,绝对是第一。("绝对"两字终于出来了,你自己看见了吗?终于肯定了自己的眼光和看法,好。)

　　除了这两场,《名剑》别无看头。

…………

　　(孩子,老师耐心等待你讲,等你整理自己的思绪和志向。一篇报告,理出了自己当走的方向。你用父母的血汗钱去看电影,看出如此成绩,已经不算浪费和只是娱乐。可是还是要乖,暑假再去工读才是。只说不做,在目前来说,可以。毕业前的功课,照你目前来说,是多看电影,多分析,多观察,多研究,多接受间接的人生经验。而后的路,其实现在已慢慢地开始在打基础。听说你旁听许多别系的课,在本系内成绩也是第一名,又看了那么多场电影,可见在时间的安排和知识的追求上都有能力突破,是好现象。更可贵的是,看事不迂腐,不教条,更不人云亦云,有自己的语体、自己的见解。风格,慢慢可以由此树立。老师认为,你可走的方向,就在戏剧系。再记住:认理修真心莫退,道德处处皆可为。谢谢你的认真,更谢你这清新的松涛。

再介绍一本好书:《晚清政治思想研究》。小野川秀美著,林明德、黄福庆译,时报出版公司出。)

这只是其中的两部分。

谁也不会就事论事地认为这是在提倡怎样像三毛那样当好教师,它只不过是三毛怎样做人,怎样兑现自己的人生选择的一个缩影。

所以读着那括号中的话，就令人产生了一种和内容并没有多大关系的强烈的审美感——在于她那专注地沉醉于学生作业之中的本身，那不苟的精神和深切的热情，使人受到了一种多么富有美感的行为的引导！

是啊，三毛，有的时候，相当多的时候，她简直太沉重了，那执着，那专注，那奉献。

这一切都是为了什么呢？人生不就是一个过程吗？为何不让它多一点无虑的欢乐、超然的轻松和随意的满足呢？——它们不正是那"浪漫的乡愁"的等同物吗？

三毛定然会说，你问得太浅薄了，正是由于它短暂得不容你悔恨，不容你痛惜，不容你再度品尝！所以才要"喜欢背着十字架负重行走"，在那沉重中体验人生步履的珍贵意义；才像辞别落日一样庄重地完成自己的一次次选择，又庄重地迎接太阳的下一次升起……

呵呵地微笑

三毛又有她的另一面,在这另一面中,一切沉重、烦恼,乃至冲天怒火,都被幽默、宽容地"一笔带过",于是她的整个精神系统就处在了顺滑的流畅中,脸上带着平静的笑。

三毛对荷西爱得那么深,以至于偶尔哪怕是十天半个月的分离也会使三毛陷入悲哀。可是荷西却并不总是把她泡在甜言蜜语和温情中,有时甚至似乎忘记了她的存在。

在沙漠的时候,荷西常带朋友们回家吃饭,三毛只千方百计地去厨房变菜,他们一大伙人喝酒、欢笑,一晚上把她忘在厨房里,等她出来收盘子洗碗时,荷西都不记得她没吃过饭呢。

她为此感到委屈过,以为他忽略了她。但旋即便自问,他在外面是一个完全不自由的人,有上司,有同事,处处受到限制,现在是在家里,难道在家里,也不能让他自由自在,想怎么就怎么吗?还要让他处处赔小心,依你,围着你,那他不是成了奴隶了吗? 他还是他吗?

荷西这人除了有时有些"无理",整个人可真不赖,才致使三毛失掉他后会那样深切地感到悲哀。

可荷西的母亲,也就是三毛的婆婆却真不怎么样,甚至可以说有几分糟糕。

三毛第一次到婆婆家去,为了能对付婆婆的糟糕,获得相聚的皆大欢喜,便千方百计地自我克制和忍让,还带着满面笑容。

她一遍遍地对自己说:

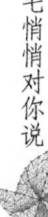

你是这个时代的产物,你所谓的甜蜜,我请问你要用什么方式表现出来?你有没有想过,你很自然地赖在先生(荷西)身旁看电视,在你婆婆看来,可能已经伤了风化。

再问,你看过你婆婆坐在公公膝盖上吃蛋糕吗?一定没有吧?(《亲爱的婆婆大人》)

所以,她在婆婆面前,是"绝对也不去坐在荷西膝盖上,也不去靠他当椅垫,更绝对不可以亲他"的。

万一你在厨房里磨了半天出来,公公睡午觉,小姑子、哥哥们都出去了,婆婆正跟她爱子在电视室里说着话,你讪讪地走进去,轻轻地坐下来,婆婆没有望你一眼,你再悄悄地坐到先生一旁去,想加入谈话,但是先生好似突然有点厌你,很轻微地躲闪了一下,如果你敏感,你才会知道,原来你得了麻风病啦!

这时候,你的脑筋就不要乱动气,让你心爱的先生做夹心饼干是很令他受苦的。你应该走开去。(《亲爱的婆婆大人》)

圣诞节来了,婆婆算了一下聚餐人数:公婆、五女三子、四婿、一媳、两阿姨、叔叔、婶婶、堂兄堂妹、大哥的外国女友、小妹的法文老师、十四个尖叫踢打翻滚全来的外孙和外孙女……一共是三十七个人。

圣诞大餐却轮到三毛做。莫名其妙,她可是客人呀!

清早起床,她提着三个大菜篮,拉了一个小拖车去采买"一营人"吃的东西。

你独自大步走在往菜场的路上,双手无法照习惯插在口袋里,走路又被这些空篮子撞来撞去不方便。但是,我对你说,你就算这么狼狈,你的头还是要抬得高高的,胸挺得直直的,这样,一种热热咸咸的液体才会

倒流进肚子里去，不会弄坏了你涂得漂亮的大眼睛。（《亲爱的婆婆大人》）

在婆婆家，要克制，要忍耐，要不断地自我提醒，你该怎样，不该怎样，当着真正的小媳妇。

婆婆到了她家，她是主人，总该没有那么多的约束和限定了吧？可是不然，她仍旧要重复着在马德里的婆婆家当客人时的一切——机器人式的忙碌，机器人式的微笑。

最后当自私的婆婆心满意足归去的时候，她还得"真情实意"地说，谢谢母亲来看我们。——请看她写的《这种家庭生活》。

尽管三毛的自责、不平感和委屈是心胸狭窄的表现，可是实际上，却正是由于不平和委屈，而又能通达地理出理智和礼仪的头绪，有条不紊、彬彬有礼，显出了极好的风度，才更衬出了作为一个女人，她内心的一望无际。

在这一点上,三毛达到了一般人,包括男人们都不易达到的境界。

这从《撒哈拉的故事》中,她对撒哈拉威人的那些经常性的无理和荒唐行为的处置里也能看到。虽然她有时憋不住,也对着他们大喊大叫,但最后往往都是呵呵微笑着解决的。

因而,她就总能以最快的速度转变情绪,恢复平静,内心一片片地透亮起来,春意洋溢,兴高采烈。

悄悄话中的人生感悟

三毛常喜欢自言自语,说着只有自己能听见的话,又把这自言自语写下来给别人看,成了文章。

她并没有想让别人看了以后顿悟到人生的什么道理,可结果因为那都是她的人生感悟,走遍了世界后的人生小结,便又让人觉得人生倒是应该这样。

我们经历了过去,却不知道将来,因为不知,生命益发显得神奇而美丽。

不要问我将来的事情吧！请你，Echo，将一切交付给自然。

生活，是一种缓缓如夏日流水般的前进，我们不要焦急，我们三十岁的时候，不应该去急五十岁的事情。

我要你静心学习那份等待时机成熟的情绪，也要你一定保有这份等待之外的努力和坚持。

Echo，我们不放弃任何事情，包括记忆。你知道，我从来不望你埋葬过去，事实上过去没有必要，也没有可能从生命里割舍，我们的今天，包括一个眼神在内，不都是过去重重叠叠的生命造成的影子吗？

…………

我跟你说，有时候，我们要对自己残忍一点，不能纵容自己的伤心。有时候，我们要对自己深爱的人残忍一点，将对他们的爱、责任、记忆搁置。

…………

你身边的一草一木都在适当的时候影响了你。而你借着这个媒介，也让身边的人从你那儿汲取了他们的向往和需要，可是你又忘了一句话——在你的生活里，你就是自己的主宰，你是主角。

....

许多人的一生，所做的其实便是不断修葺自己的生活，假如我们在修补之外，尚且有机会重新缔造自己，生命就更加有趣了，你说是不是？（《说给自己听》）

在父母的面前，再年长的儿女，都是小孩子，可是中国的孩子，在伦理的包袱下，往往显得太认真和驯服，没有改革家庭的勇气和明智。这样，在孝道上，其实也是"愚孝"。我们忘了，父母在我们小时候教导我们，等我们长大了，也有教育父母的责任，当然，在方式和语气上，一定本着爱的回报和坚持，双方做一个适度的调整。不然，这个社会，如何有进步和新的气象呢？

....

父母的经历和爱心，是不可否认的事实。对好的一方面，我们接受、学习、回报，对不合时宜的另一方面，一定不可强求,闹出家庭悲剧。慢慢感化、沟通,如果这些都试尽了而没有成果,那么只有忍耐爱的负担和枷锁,享受天伦之乐中一些累人的无奈和欣慰。但是,不能忘了,我们也是"个体",内心稍稍追求你那一份神秘的自在吧!(《爱和信任》)

　　境由心造,一念之间可以一花一世界,一沙一天堂。

　　这是不错的,可是在我们那么复杂拥挤的环境里,你的心灵看见过花吗?只一朵,你看见过吗?我问你的,只是一朵简单的非洲菊,你看见过吗?我甚至不问你玫瑰。

············

　　人类往往少年老成,青年迷茫,中年喜欢将别人的成就与自己相比较,因而觉得受挫,好不容易活到老年仍是一个没有成长的笨孩子。我们一直粗糙地活着,而人的一生,便也这样过去了。

我们一生复杂,一生追求,总觉得幸福遥不可及。不知那朵花啊,那粒小小的沙子,便在你的窗台上。你那么无事忙,当然看不见了。

……………

快乐,只是国王的新衣,只有聪明的人才看得见。(《简单》)

清晨起床,喝冷茶一杯,慢打太极拳数分钟,打到一半,忘记如何续下去,从头再打,依然打不下去,干脆停止,深呼吸数十下,然后对自己说:"打好了!"再喝茶一杯,晨课结束,不亦乐乎!

……………

枯坐会议室中,满堂学者高人,神情俨然。偷看手表指针几乎凝固不动,耳旁演讲欲听无心,度日如年。突见案上会议议程数张,悄悄移来折纸船,船好,轻放桌上推来推去玩耍,再看腕表,分针又移两格,不亦乐乎!

....

逛街一整日,购衣不到半件,空手而回。回家看见旧衣,倍觉件件得来不易,而小偷竟连一件也未偷去,心中欢喜,不亦乐乎!(《什么都快乐》)

我不吃油腻的东西,我不过饱,这使我的身体清洁。我不做不可及的梦,这使我的睡眠安恬。我不穿高跟鞋折磨我的脚,这使我的步子更加悠闲安稳。我不跟潮流走,这使我的衣服常新。我不耻于活动四肢,这使我健康敏捷。

我避开无事时过分热络的友谊,这使我少些负担和承诺。我不多说无谓的闲言,这使我觉得清畅。我尽可能不去缅怀往事,因为来时的路不可能回头。我当心地去爱别人,因为比较不会泛滥。我爱哭的时候便哭,想笑的时候便笑,只要这一切出于自然。(《简单》)

黛玉之不讨贾府众人喜欢,无非是她坚持为了自己的心而活,不肯做人周全——倒不一定是不会。宝钗从来不提心字,廉静寡欲,只恐人前人后失了照应——这颗心才叫真苦。人都说黛玉命薄,我却不如此看法,起码对于自己,她是不负的。(《不负我心》)

一个生命,不止是有了太阳、空气、水便能安然地生存,那只是最基本的。求生的欲望其实单纯,可是我们是人类,是一种贪得无厌的生物,在解决了饥饿之后,我们要求进步,有了进步之后,要求更进步,有了物质的享受之后,又要求精神的提升,我们追求幸福、快乐、和谐、富有、健康,甚至永生。(《简单》)

撒哈拉的故事剪辑

　　三毛到了撒哈拉后,面对灵魂中所神往的一切,便又动起了写东西的念头,在此之前,那支笔已搁置了不少时间。

　　她把这想法写信告诉了在家乡的父母。从此,母亲便每晚祈祷,求神能拭一拭哪位主编的眼睛,让他看中三毛的撒哈拉的故事。

　　没想到三毛很快就把文章写出来了,也果真有一位明眼的主编,三毛的《中国饭店》(又称《沙漠中的饭店》)在家乡的报纸上登出来了!

那天早晨,母亲看到后,兴奋地把家中所有的人都叫起来,争阅三毛写的故事。家中没有香槟,全家便以豆浆代替,举杯庆贺。

从此,来自撒哈拉的故事一篇接着一篇,几乎把整个家乡都带进了远在天边的三毛的生活,任何地方都能听到关于三毛是何许人的谈论和传说。

为了那故事的新奇、那画面的独特、那文化的原始、那民风的淳朴。

为了那个和他们一样的中国人,一个中国女人,在那新奇、独特、原始、淳朴的故事、画面、文化、民风中生动地扮演着一个对于他们中的大多数人来说,永远只是"天方夜谭"的充满人生异趣和韵味的角色……

故事之一——

三毛和荷西到撒哈拉后,一开始吃的全部是西餐。母亲知道沙漠的贫困后,大批的中国食品便带着爱心接连从空中飞来。

于是,三毛在家中开起了"中国饭店",不过食客只有一个叫荷西的,并且吃饭从不付钱。

话说第一道菜是粉丝鸡汤。

荷西吃了一口问:"咦,什么东西?中国细面吗?"

"你岳母万里迢迢替你寄细面来?不是的。"

"那是什么?再给一点,很好吃。"

三毛用筷子挑起一根粉丝:"这个呀,叫'雨'。"

"雨?"荷西一呆。

"对的,是春天下的第一场雨,下在高山上,被一根一根冻住了,山民扎好了背到山下来一束一束卖了换米酒喝,不容易买到哟!"

荷西呆呆地看看三毛,又去看盆子里的"雨",然后说:"你当我是白痴?吹牛大王!"

第二次吃粉丝是做"蚂蚁上树",将粉丝在平底锅内一炒,再撒上绞碎的肉末,拌上汤汁。荷西咬了一大口,问:"什么东西?好像是白色的毛线,又好像是塑胶的？"

三毛说："都不是，是你钓鱼用的那种尼龙线，中国人加工后变成白白软软的了。"

荷西又吃了一口，莞尔一笑，说："怪名堂真多，如果我们真开饭店，这个菜可卖个好价钱，乖乖！"

话说荷西要请公司老板吃饭。那老板对吃挺有见识，知道中国菜中的笋片炒冬菇很有名。荷西问三毛："喂，我们有没有笋？"

哪来的笋？

"家里筷子那么多，不都是笋吗？"三毛瞪了荷西一眼。

不巧，荷西正深情地望着她，这是婚后他第一次这样望着三毛，这使三毛不由得激动万分，连忙答应说："好，明天晚上请他们夫妇来吃饭，没问题，笋会长出来的。"

这一顿饭老板吃得兴高采烈，临走前还特别对三毛说："如果公共关系室将来有缺，希望你也来参加工作,做公司的一分子。"

三毛眼睛一亮,知道这全是"笋片炒冬菇"的功劳。

送走老板,荷西十分满意地问三毛:"喂,这个'笋片炒冬菇'真好吃,你从哪里弄来的笋?"

"什么笋?"三毛问。

"今天晚上的笋片啊!"

三毛哈哈大笑:"哦,你是说小黄瓜炒冬菇呵!"

"什么,你,你,你骗了我不算,还敢去骗老板……"荷西吃惊地大叫。

"我没有骗他,这是他一生吃到的最好的'嫩笋片炒冬菇',这是他自己说的。"

荷西将三毛一把抱起来,大叫:"万岁,万岁,你是那只猴子,那只七十二变的,叫什么,什么……"

三毛拍了一下他的头:"叫齐天大圣孙悟空,这次不要忘了。"

故事之二——

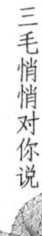

三毛和荷西是在撒哈拉结婚的。

沙漠中的撒哈拉威人结婚从来都是件既简单又粗野的事情,所以当地法院的秘书甚至不知该怎么办理结婚登记手续。于是他一面翻书一面回答三毛和荷西的提问:

"啊,有了,在这里——要出生证明、单身证明、居留证明、法院公告证明……这位小姐的文件要由中国台湾出具,再由公使馆翻译证明,证明完了再转西班牙驻葡领事馆公证,再经西班牙外交部,再转来此地审核,审核完毕我们就公告十五天,然后再送马德里,到你们过去的户籍所在地法院公告……"

三毛一听这么复杂,不由得问荷西:"你看,手续太多了,我们还要结婚吗?"

三个月过去了,结婚文件旅行总算结束。

秘书先生告诉三毛:"你们可以结婚了。"

"真的?"三毛有点不相信。

"我替你们安排好了日子。"秘书说。

"什么时候?"三毛赶紧问。

"明天下午六点钟!"秘书先生不假思索地命令道。

"是的,谢谢你,明天我们来。"三毛梦游似的走下楼,坐在石级上,望着沙漠发呆——

秘书先生命令他们明天结婚!

这时,荷西公司的司机正开着吉普车经过。

三毛叫住他说:"穆罕默德·沙里,你去公司吗?替我带口信给荷西,告诉他,他明天跟我结婚,叫他下了班来镇上。"

穆罕默德·沙里抓抓头,讶异地问三毛:"难道荷西先生今天不知道明天自己要结婚?"

三毛说:"他不知道,我也不知道。"

穆罕默德·沙里准以为这是出了什么问题,譬如脑子出了毛病,吃惊地将车子歪歪扭扭地开走了。

于是三毛便忙着和荷西一起去拍电报,给台湾和马德里。

荷西拍到马德里的那封长得像写信："对不起，临时通知你们，我们事先也不知道明天结婚，请原谅……"

故事之三——

撒哈拉威人知道三毛和荷西都很大方，就经常来借东西。

"我哥哥说，要借一只灯泡。"

"我妈妈说，要一只洋葱。"

"我爸爸要一瓶汽油。"

"我们要棉花。"

"给我吹风机。"

"你的熨斗借我，姐姐。"

"我要一些钉子，还要一点点电线。"

偏偏这些东西三毛都有，于是这回来借洋葱的，下回就改借灯泡，只要借走了往往是不还的。

也有借红药水的。三毛不肯，说："红药水不借，有谁弄破了皮肤,叫他自己来涂。"

但是他们坚持要拿回去涂。

三毛跑去一看,原来他们用她的红药水涂满了脸和手,正在鼓声的伴奏下载歌载舞。

还有借电冰箱存放东西的,譬如存放骆驼。

有一次,小女孩拉布来敲门,三毛开门一看,地上躺着一只小山似的死骆驼。"我妈妈说,这只骆驼放在你家冰箱里。"

三毛差点气得背过气去。

邻近有一个男人在医院工作,因为受到文明的洗礼,他拒绝跟家人一样用手抓饭吃。于是每天到了吃饭的时候,他的儿子就必然要来敲门。

"我爸爸要吃饭了,我来拿刀叉。"

尽管他们用过便还,第二天再来借,但三毛仍被弄得不胜其烦,干脆买了一套送给他。

没想到过了两天,这孩子又来了。

"怎么又来了?"三毛不明白,"不是送给你们一套了吗?"

"我妈妈说那套刀叉是新的,要收起来,现在我爸爸要吃饭。"

三毛气得大吼:"你爸爸要吃饭关我什么事?"她实在不明白这算什么事。

没办法,只得再借,重新开始每天的借和每天的还。

因为你必须借,否则他们会说:"这个三毛,她伤害了我的骄傲。"

撒哈拉威人都有一个珍贵的"骄傲"。

火柴用完了,三毛跑到隔壁去要。

"给你三根,我们自己也不多了。"

"你这盒火柴还是上星期我给你的,我共给了你五盒,你怎么忘了?"三毛生起气来。

"对啊,可是现在只剩一盒了,怎么能多给你!""隔壁"显得更生气。

有一次,三毛要去当地的国家旅馆参加一个酒会,却发现放在架子上的高跟鞋不见了,躺在那儿的是一双又黑又脏的尖头沙漠鞋。

她一眼就认出这是姑卡的。

她找到姑卡:"我的鞋呢?你为什么偷走?"

姑卡东找找西找找,然后平静地说:"我妹妹穿出去玩了,现在没有回来。"

第二天,鞋子还来的时候,已经弄得不成样子,三毛非常生气。

可是姑卡说:"你生气难道我不生气吗?你的鞋子在我家,我的鞋子不也在你家吗?我比你还生气!"

三毛没有能力对付这种逻辑,只能强迫自己平静地说:"姑卡,我先请问你,你再去问问所有的邻居女人,我们这个家里,除了我的牙刷和丈夫以外,还有你们不感兴趣不来借的东西吗?"

姑卡立即来了兴趣,问:"你的牙刷是什么样子的?"

三毛气得大叫:"出去——出去!"

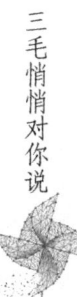

姑卡一面退一面说:"我只要看看牙刷,又没有要你的丈夫,真是……"

姑卡走到街上时立即对人说:"你看,你看,她伤害了我的骄傲。"

故事之四——

三毛不是医生,但在撒哈拉时,却经常为撒哈拉威人治病。

这是因为他们往往不愿去医院,尤其是女的,更不愿让男医生替他们看病。

另一个原因是,三毛身边总有一大纸盒的药,她的小毛病不少。

邻居姑卡出嫁前,大腿内侧长了一个红色的疖子,初看时只有一个铜板那么大,第二天再去看,已经肿得如核桃一般大了。

三毛对她母亲说:"不行,得看医生了!"

可是她母亲说:"这个地方不能让医生看,她快要出嫁了。"

于是只能由三毛来提供消炎药膏,让她服用消炎的特效药。这样拖了三四天,一点也没有好转。

三毛想起,曾经在哪本中药书上看到,用黄豆糊能治好疖子。

她就回到家里磨豆子了,然后把磨好的糊敷在姑卡红肿的地方,上面盖上纱布。

第二天,疖子变软了,第三天有黄色的脓从皮肤下露出来,第四天流出大堆的脓水,又过了两天,居然完全好了。

"是黄豆治的?"荷西大惑不解,"你们中国人真是神秘。"

神秘的地方还有。

邻居哈蒂来找三毛,对她说:"我的表妹从大沙漠里来,住在我家,快要死了,你来看看。"

三毛一听"快要死了",便问:"生了什么病?"

哈蒂说:"不知道,她很弱,头晕,眼睛慢慢看不清

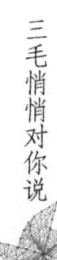

了,很瘦,正在死去。"

荷西在屋里听了急得大叫:"三毛,你少管闲事!万一真的死了,还以为是你医死的!"

可三毛还是去了。

哈蒂的表妹躺在床上,骨瘦如柴,眼睛深得像两个黑洞洞。摸摸她,没有发烧,舌头、指甲、眼睛的颜色也都健康。

三毛明白了,跑回家倒了十五粒最高含量的多种维生素片给她,又对哈蒂说:"哈蒂,杀只羊给她吃。"

荷西不明白,快死的人怎么好了?

"她生的是什么病?"

"营养极度不良。"

"你怎么知道的。"

"想出来的。"三毛说。

房东家的母羊生了两只小羊,可是胎衣一直拖着落不下来,看着快不行了,房东说:"杀掉吃吧。"

三毛多管闲事地反对:"你杀了母羊,小羊没奶吃怎么活?"

"可这样拖着胎衣也是要死的。"

"我来给你看看,你先不要杀。"三毛说。

怎么治呢?三毛坐在家里拼命地想。

有办法了,给它喝葡萄酒。

这办法是偶然听一个农民讲的。

她就跑过去,也不跟房东打招呼,往母羊嘴里灌了一瓶葡萄酒。

第二天,房东对三毛说:"治好了,肚子里的脏东西全下来了,请问你是用什么药治的?真是多谢多谢!"

三毛告诉他:"我给它灌了一大瓶葡萄酒。"

三毛这个"巫医",谁都相信她,只有荷西怕她,所以平时绝对不让三毛给他治病,敬而远之。可三毛偏偏想方设法瞅准机会想让他对自己有信心。

有一次荷西胃痛,三毛给了他一包药粉,叫他用水吞下去。

因为这不是那黄豆糊,也不是葡萄酒,荷西也就遵旨吞了,结果好了。

荷西问:"你给我吃的是什么药?"他想记住,以后胃痛就吃它。

可三毛也不清楚,只知道自己平时胃痛都是吃这药的。被荷西一问,她便看了看包药的塑料口袋上的英文。

她一看就笑了,原来是维生素 U。

首先荷西不知道维生素还有个"U",更没听说过能治胃痛,傻了。三毛也有些傻。

更让荷西吃惊得全部头发"唰"的一下竖起来的是,三毛居然还用指甲油为人补过牙齿,给三个人补了牙都补好了。

指——甲——油,补牙齿啊!

故事之五——

有一天晚上,三毛在朋友家吃完烤骆驼肉出来,已是深夜一点。

朋友说:"住下来吧,明早回去。"

三毛想,一点钟并不晚,还是回去算了。

到家需走四十分钟,路程并不算很远,只是路上要经过两个大坟场。

撒哈拉威人不用棺木,他们把死去的人用白布包起来,放在沙里,再在上面压上石块,就算完事了。

为了壮胆,三毛大声地唱起了撒哈拉流行的军歌《沙漠军团》。

快走过坟场了,却发现有个影子在拼命挣扎。

是从坟上爬起来的!

可究竟是死了的人又活过来了呢,还是什么?

三毛回头打量了一下,后面是个山坡挡着,已经走到这儿了,不如干脆冲过去。于是她大喊一声,准备飞身而过。

哪知,她一叫,那个不知是人还是什么的东西也叫,声音比她的还要凄惨得多。

三毛听清楚了,是人的声音,是个男人的声音。

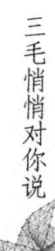

"谁?不要脸,躲在这里吓女人,有种吗?"三毛用西班牙文骂起来。

"我,我没有要吓你,我是在母亲的坟上祷告。小姐,是你吓了我,是你吓了我……"

"我吓你?"三毛啼笑皆非。

"我正在专心祷告,听到风里有歌声传来,我再细听,又没有了,后来又看见狗号叫着逃走。我正伏下头去再祷告时,你在山坡上出现了,头发长长地飞散着。我正吓得半死,你就朝我冲过来了,口里还大叫着……"

三毛听了大笑起来。再低头一看,自己的一只脚正踩在他母亲的左手上。

而这时,不远处似乎又有东西在蠕动……

故事之六——

三毛带了一架照相机。这并不是因为她有很高的摄影技术,其实如果她拍几百张照片的话,最多也只能从里面挑选出一两张好些的。

她只是想把种种令人惊奇和震撼的景象记录下来，为自己的内心感动和生活经历留下永久清晰的记忆。

然而撒哈拉威人却害怕她手上的这个小盒子。

他们说，这玩意儿会把人的灵魂捉了去。

有一回，她为几个女人拍了照。当她们知道自己的灵魂已经被捉了去，立即陷入了绝望的恐惧和悲切之中，蹲在地上连站起来的力气也没有了。

她们的丈夫更是拼命似的要打三毛。

三毛不想就这样逃走。因为她逃走的话，虽然能获得想要保留的"记忆"，那几个女人却可能因此而面黄肌瘦，甚至死去。

她只好当众打开照相机，拉出胶卷，迎着光给他们看个清楚。

底片上一片白色，并没有灵魂。

他们这才松了一口气，满意地笑了。

在回家的路上，有两个老撒哈拉威人搭三毛他们的车。

老撒哈拉威人说:"从前,有一种东西,对着人照,人会清清楚楚地被摄去灵魂,比你的盒子还要厉害!"

三毛一声不响,从背包里拿出一面小镜子,举到老人的面前,问是不是这个。

没想到他们大叫着几乎翻下车去,拼命地拍打司机的背,叫他停车,然后连滚带爬地跳下车。

三毛这才注意到,汽车驾驶座旁也没有装后视镜。乖乖,镜子这玩意儿。

故事之七——

这是一个狡猾的卖花女的故事。她实际上已是个老太婆。

三毛说:"卖花女第一次出现时,我天真地将她当作一个可怜的乡下老婆婆,加上喜欢花草的缘故,我热情地欢迎了她,家中的大门毫不设防地在她面前打开了。"

"这盆多少钱？"我指着这老婆婆放在地上纸盒里的几盆植物之一问着她。

"这盆吗？五百块。"说着，她自说自话地将我指的那盆植物搬出来放在我的桌上。

"那么贵？镇上才一百五！"我被她的价钱吓了一跳，不由得叫了起来。

"这儿不是镇上，太太。"她瞪了我一眼。

"可是我可以去镇上买啊！"我轻轻地说。

"你现在不是有一盆了吗？为什么还要去麻烦，咦——"她讨好地对我笑着。

"我没有说买啊！请你拿回去。"我把她的花放回到她的大纸盒里去。

"好了！好了！不要再说了。"她敏捷地把花盆又搬到刚刚的桌上去，看也不看我。

"我不要。"我硬愣愣地再把她的花搬到盒子里去还她。

"你不要谁要？明明是你自己挑的。"她对我大吼一声,我退了一步,她的花又从盒子里飞上了桌。

"你这价钱是不可能的,太贵了嘛!"

"我贵?我贵?"她好似被冤枉似的叫了起来,这时我才知道碰到厉害的家伙了。

"太太!你年轻,你坐在房子里享福,你有水有电,你不热,你不渴,你头上不顶着这个大盒子走路。你在听音乐、煮饭,你在做神仙。现在我这个穷老太婆,什么都没有,我上门来请你买一盆花,你居然说我贵,我付出了那么大的代价,只请你买一盆,你说我贵在哪里?在哪里?"她一句一句逼问着我。

…………

"我不能买,我们不是有钱人。"我仍然坚持自己的立场,再度把她的花搬回到盒子里去。

没想到,归还了她一盆,她双手像变魔术似的在大纸盒里一掏,又拿出了两盆来放在我桌上。

"跟你说,这个价钱我是买不起的。你出去吧,不要再搞了。"我板下脸来把门拉着叫她走。

"我马上就出去,太太,你买下这两盆,我算你九百块,自动减价,你买了我就走。"说着说着,她自说自话地坐了下来,她这是赖定了。

…………

我叹了口气,看看钟,荷西要回来吃饭了,没有时间再跟这人磨下去,进房开了抽屉拿出一张票子来。

"拿去,我拿你一盆。"我交给她五百块,她居然不收,嬉皮笑脸地望着我。

"太太,九百块两盆,五百块一盆,你说哪一个划得来?"

这真是得寸进尺,我气得脸都涨红了。

"你出去,我没有时间跟你扯。"

"咦!没有时间的人该是我才对,我急着做下面的生意,是太太你在耽搁时间,如果一开始你就买下了花,我们不会扯那么久的。"(《卖花女》)

谁想到,三毛硬被逼着买下的这一盆花居然是没

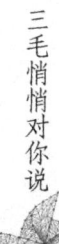

有根的,轻轻地把花梗拉一拉,它就整个地离开泥巴,是根剪口犹新的树枝!

没过几日,我在邻居家借缝纫机做些针线,这个卖花女闯了进来。

"啊!太太,我正要去找你,没想到你在这儿。"

她亲热地与我招呼着,我只好似笑非笑地点了点头。

"鲁丝,不要买她的,她的盆景没有根。"我对邻居太太说。

"真的?"鲁丝奇怪地转身去问这卖花女。

"有根,怎么会没有根,那位太太弄错了,我不怪她,请你信任我,喏,你看这一盆怎么样?"卖花女马上举起一盆特美的植物给鲁丝看。

"鲁丝,不要上她的当,你拔拔看嘛!"我又说。

"给我拔拔看,如果有根,就买。"

…………

"好,你不信任我,我也不能拔我的花给你看。这样好了,我收你们两位太太每人两百块订金,我留下两盆花,如果照你们说的没有根,那么下星期我再来时它们一定已经枯了,如果枯了,我就不收钱,怎么样?"

…………

过了四五日,鲁丝来找我,她对我说:"我的盆景叶子枯了,洒了好多水也不活呢!"

我说:"我的也枯了,这一回那个女人不会来了。"

没想到她却准时来了,卖花女一来就打听她的花。

"枯了,对不起,两百块钱订金还来。"我向她伸出手来。

"咦!太太,我这棵花值五百块,万一枯了,我不问你要另外的三百块,是我们讲好的,你怎么不守信用?"

"可是我有两百订金给你啊?你忘了?"

"对啊!可是我当时也有碧绿的盆景给你,那是值五百的啊!你只付了两百,便宜了你。"

我被她翻来覆去一搞,又糊涂了,呆呆地望着她。

"可是,现在谢了,枯了,你怎么说?"我问她。

"我有什么好说,我只有搬回去,不拿你一毛钱,我只有守信用。"说着这个老太婆把枯了的盆景抱走了,留下我绕着手指头自言自语,缠不清楚。(《卖花女》)

故事之八……

故事之九……

等等。

我只能说等等,因为还有的甚至是更精彩生动的没办法剪辑。它们太长,那份曲折、惊险、复杂、幽默只要一经剪辑,就似乎会丧失殆尽。

如《荒山之夜》《死果》《哭泣的骆驼》《白手成家》……

《荒山之夜》梗概:

一次驾车外出,荷西不慎陷入泥沼。来了几个撒哈拉威人,三毛向他们求救,却差点遭受蹂躏。

三毛巧与周旋,总有出奇的灵感与其相伴,终于摆脱歹徒,救出荷西。

此次险情完全是由三毛想寻找什么小乌龟和贝壳的化石所酿成的。

最后,驾车回家时,荷西呻吟着问三毛:"还要化石吗?"

惊魂未定的三毛却说:"要。"

"什么时候再来?"荷西问。

"明天下午。"三毛说。

《死果》梗概:

这件事有些荒诞。

三毛在路上捡到一块很有现代感的锈红色铜片,挂在脖子上。没想到因此而天昏地暗,引起了一系列的错乱和灾祸。

医生们没法对此做出解释。

结果撒哈拉威人断定,是因为铜片里的花纹很古怪,如果发现得迟,三毛便活不成了。

　　这是撒哈拉故事中最令人不能理解的故事,可以看作三毛记述的一场噩梦。

　　《白手成家》梗概:

　　写的是三毛和荷西初到沙漠时极为有趣的安家过程。几乎所有的废物在他俩的手中都变成了具有实用价值的"工艺品"。

　　朋友们把这儿当成了高雅的沙龙,所有的人都认为它是沙漠中最美的房间,连建筑设计师也想从中获得灵感。

　　作品发表后,"三毛热"达到高潮。那是因为三毛巨大的生存热情和如此艺术化的生存能力,因为三毛和荷西身上所拥有的那种如同德沃夏克《新世界》交响曲中所回荡的韵味无穷的人生感觉。

写"自己"的文学

琼瑶没穷尽地写,是因为她总有那么多的梦幻,梦幻网住了她自己,以至于她无法克制地又来网别人,她为此又哭又笑,因为那梦幻若是真的能实现于人生,那么人生也就如同梦幻一般美好了。

三毛曾经深深地被琼瑶的那一个个梦幻所迷住,成了琼瑶作品最热切的阅读者。

甚至可以说,三毛就是读着琼瑶的作品长大的。

也许,琼瑶作品中的一个个有力量的强女子也正是后来的那个爽泼三毛形象的源泉和动力。

后来,三毛也搞文学了。大概由于一开始,她就写自己,写"雨季"中的那个她,所以她对琼瑶的梦幻中总没有琼瑶自己感到不满了。

她责怪琼瑶写的全是别人的故事、别人的歌、别人的天空。

"而你呢?在这些的背后,为什么没有一个你坐在平先生旁边闲闲地钓鱼或晒太阳的镜头?"

"你的笑和泪,付给了笔下的人,那盏灯照亮了他们,而你自己呢?你自己的日子呢?"

"你来演一演自己的主角好不好?不要别的人占去你大半的生命,不要他们演,你来,你演,做你自己,好孩子……"

她急切地喊起了琼瑶"好孩子",她太希望琼瑶能听听她的劝告,像她一样写写自己,把文学变成"自己"的文学,变成自己的人生的一个延续。

当然,琼瑶不会接受三毛的劝告。

同样,如果琼瑶劝告三毛,三毛也不会听从。

任何一个有特点的作家,毫无疑问都是异常固执的,固执于他的艺术目的,固执于他的艺术趣味,固执于他的艺术模式。

三毛是直接写自己,写曾经存在过的那个真实的她,那个台北的少女,那个在异国他乡求学的女大学生,那个嫁给了西班牙人的少妇,那个撒哈拉沙漠里的东方女郎。

她很少退出自己的故事,有的时候退出了,可那换上了别的名字的某一个她,仍旧是三毛她自己。

三毛说:"就我而言,迄今我的作品都是以事实为根据,所以,我并不自认为是职业作家,我的作品,只能算是自传性的记录。"

"我不是一个作家,我不只是一个女人,我更是一个人。我将我的生活记录下来了一部分,这是我的兴趣。"

三毛所谓的"作家""职业作家",就是指专门写虚

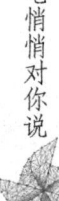

构故事的。

这是因为,三毛对于文学创作不抱有特别的社会使命感,"至于写作,我个人觉得自己并没有什么使命感,我在主观上往往认为,写作只要背上一种使命感,那我就完了,就写不出来了。写作这回事,一定是要自由自在地写。当然,这样写有好有坏,不过,如果要套上一个使命感的话,你就会觉得自己必须对某些事物做个交待,就我而言,这就是一种做作"。

但所谓不抱有特别的社会使命感,并不是说她不考虑自己作品的社会影响和效果。

她说过:

不,作家和社会还是有牵连的。虽然,我说过我写作是对我自己负责,我的作品也是我生活和遭遇的记录与反映,不过,当我写到一些鬼哭神号或并不能令人太愉快的场面时,我还是会省略掉或用剪接的方法把它略过不提,这样做,就不是为了我自己。如果只是写给自己看,那就可以什么都写出来,但我知道我所写的东西会有很多人,尤其是年轻人在看,我不能让他们也和我一样地痛苦……当然我不敢说这是我对社会有什么使命感,而是由于考虑到对读者可能产生的不良影响,这点我是注意到的。(《热带的港夜——三毛对话录》)

所谓不抱有特别的社会使命感,是说她并不强烈地希望以自己的作品去给别人什么启示,给社会以什么干预或"改造"。她写,只是因为她想写,是因为她总那么留恋曾经属于自己的经历、感情和氛围,是因为从中能再次体味到珍贵的人生情趣和愉快,尽管在作品中它们可能表现为愤怒、惊险或者是悲哀,但作为生活的意识反映,在人的心上重新出现的时候,就仍旧能感受到一种神秘的愉快。

她写作,就和她干过的许多其他事情一样,是为了在更高的精神层面上的自我满足。

三毛很爱她的父亲,父亲也很爱她,但是就为了她的写作,他们父女俩在很长的时间里结下了很深的矛盾。

写深了,父亲说看不懂,可那是她的实际体会!

明明白白一点也不深地说了真话,父亲又说她不通人情,会得罪人……

父女之间简直就有些没完没了。

父亲甚至经常当着家人的面,对她的文章表示不屑一顾。

三毛为此而气愤,感到没法在台北的家中待下去,重新踏上"流浪"的路途。

她不愿向父亲妥协,不愿为了讨得父亲的一声好评而改变自己。

她说:"因为我不是为了迎合任何人而写作的,包括父亲在内。"——她这话是直接对父亲说的。

可是偏偏她又太看重父亲,因为她的一切——极端正直、敏感、多愁、脆弱、不懂圆滑、不喜应酬,不算健康的体魄,甚至包括组织语言和表达思想的禀赋,都是由父亲遗传给她的。如果没有这一切优点和缺点的先天混杂,也就没有今天的三毛。

对三毛来说,最重要的,甚至并不是要赢得全世界的欣赏,而只希望能得到父亲的称赞。

一个多么痛苦的矛盾!一个包含了多大的舍弃和多小的获得的矛盾!

终于,她的文章《朝阳为谁升起》得到了父亲的充分肯定。

妹妹:

这是近年来,你写出的最好的一篇文章,写出了生命的真正意义,不说教,但不知不觉中说了一个大教,谦卑中显出无比的意义。我读后深为感动,深为有这样一棵小草而骄傲,不是为我自己,而是为整个宇宙的生命,感觉有了曙光和朝阳。草,虽烧不尽,但仍应呵护,不要践踏。

父留 1983.4.8

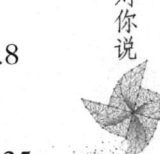

这是父亲留给三毛的一封信。父亲上班去了。

你留的信,很快地读了一遍,再慢读了一遍,眼泪夺眶而出。

爸爸,那一刹那,我的心里只有一个马上就死掉的念头,只因为,在这封信里,是你,你对我说——爸爸深为有这样一棵小草而骄傲。

…………

等你这一句话,等了一生一世,只等你——我的父亲,亲口说出来,肯定了我在这个家庭里一辈子消除不掉的自卑和心虚。(《一生的战役》)

可是,三毛说:

可是我想跟你说:爸爸,这只不过是一篇,一篇合了你心意的文章而已。以后再写,合不合你的意,你还是可以回转。我不会迎合你,只为了你我的和平,再去

写同样的文章。这就是我,你早已明白了,正如你明白自己一模一样。(《一生的战役》)

她父亲所指的那篇会得罪人的文章叫《野火烧不尽》,里面有一段话:

爱我的朋友,你们不知心,你们的电话铃吵得我母亲几乎精神崩溃,吵得我永远不敢回家,吵得我以为自己失去了礼貌和不通人情,事实上,是你们——我的朋友,不懂得君子之交淡如水的道理,更没有在我的付出和使命里给过我尊严、看重和支持。你们只是来抢时间,将我本当交给教育的热忱、精力和本分,在一次又一次没有意义的相聚里耗失。失礼的是你们,不是我。(《野火烧不尽》)

她拒绝别人的来访和相邀!

遗憾的是,三毛的父亲没有理解,如果三毛不是如此坦诚直率地写,那么她还写这样的文章干什么?

她写自己,原本就不仅仅是写自己的经历,自己眼中的所见,还包括自己的所想!

那个"自己",还意味着她想怎样写就怎样写,就像生活中她想怎样做人就怎样做人一样!

不遮掩,不进行所谓的"艺术加工"和风度的克制,只要是她想讲的,那么就讲得彻彻底底,尽情地表现出自己的痛苦、悲哀乃至"歇斯底里",当然也包括兴奋,包括吃醋——譬如那篇《素人渔夫》中当那个"娣娣"摸荷西的时候,她便大发雷霆。

正像有人所说的那样,她的可爱,或者说她的作品中三毛的可爱,就正在于那不克制、无风度和洋溢着的野性气息。

三毛的文学画廊

三毛的作品,往往都有很强的故事性,她简直就是在尽情地回忆!

和某个人的交往,周游世界中的一系列奇闻奇见,缠绕自己多少年的一个心愿,对某某人的深深不满和对自己的某一个不当行为的深深自责,一次惊心动魄的遇险……

所以读三毛的作品是"经历"你未曾经历过的某种生活,而读琼瑶的作品,则是在接受"戏剧"的摆弄和启示。

三毛的作品没有巧合和"偶然",琼瑶的作品总是由巧合和"偶然"组成的。

三毛的作品有悲也有喜,但那是生活本身的悲和喜,是生活中一个叫作三毛的人的真实的内心状态和感觉,琼瑶的悲和喜则一定是悲剧式的悲和悲剧转化之后的皆大欢喜。

三毛不讲究技巧。这是因为,一是她那流浪的生活实在太丰富了,她不想用技巧去剪裁它,"以免喧宾夺主"。

二是她认为,真正感动人的作品,是在于其情节,而不是在写作技巧,一个故事本身的情节如果能感动人,那么写出来读者就一定会感动。

所以尽管她有自认为技巧上比较讲究的作品,但相比较之下,她却更喜欢早期的那些不太重技巧、比较粗糙的作品,因为那里面存在着更纯真的童趣,就像儿童画一样。

从技巧上说，三毛最喜欢的一篇文章是《温柔的夜》。

那个流浪汉靠在远远的路灯下，好似专门在计算着我抵达的时刻，我一进港口，他就突然从角落里跳了出来，眼睛定定地追寻着我，两手在空中乱挥，脚步一高一低，像一个笨拙的稻草人一般，跌跌撞撞地跳躲过一辆辆汽车，快速地往我的方向奔过来。

也许是怕我走了，他不但挥着手引我注意，并且还大声地喊着："夜安！喂！夜安！"

当时，我正在大加那利岛的港口，要转进卡特林娜码头搭渡轮。(《温柔的夜》)

三毛不认识他。可是他却一再拦住她讨钱，要两百块，希望她帮助他买一张船票，让他能回到海对面的家中去。

三毛不肯给他，认为他一定是个借口乞讨好吃懒做的无赖。可是最后被缠得难以摆脱,她还是给了。

"这个,给你。"我放了五百块钱在他手里,他茫茫然地好似不认识我似的对着我,看看钱,他还是不相信,又看我,又看钱。

"去买些热的东西吃吧!"我温和地对他轻轻地说。

"你——"他喃喃地说。

"下次再向人借口要钱的时候,不要忘了,从大加那利岛去丹娜丽芙(特内里费岛)的船票是五百块,不是两百。"我诚恳地说。

"可是,我还有三百在身上啊!"他突然愉快地喊了起来。

"你什么?"我简直不相信自己的耳朵。

"这不就是了吗?"他又喊着。

我匆匆忙忙再度跑了出来,时间已经很紧迫了,不能再回过去想,那个人最后说的是不是又是一个谎话。他实在是一个聪明的人,被我指破了他的漏洞,马上说

他还有另外三百块在身上。(《温柔的夜》)

结果,没想到,他竟真的是为了买一张船票,回到海那边的家中去。

三毛陷入了对一个人的困难和痛苦未能理解的深深的自责之中。

可是,她却说,她不喜欢写这样的技巧性太强的文章。

其实,她在这篇文章中所用的技巧,无非是一开始就在远景的描写中造成悬念,随着"他"的一再"纠缠",又把悬念引入模糊不定的费心猜想之中,再以"他"告诉三毛自己身上还有三百块钱来引起三毛对他所存有的"狡猾"的怀疑,最后却"出乎意料",颇和三毛的文章很少有曲里拐弯的"黑洞"及悬念有些不同。

其实在三毛的所有作品中,艺术技巧上更讲究的,还有远胜过《温柔的夜》的,譬如《一个星期一的早晨》。

那是一次久别之后的相约旧地重游。

三个人物。整整一个上午。题目实际上应该叫《一个星期一的上午》,早晨和上午不是同一个概念。有情绪,有感觉,有对话,有渗透了人物深切情感和意绪的各种景别——电影艺术的一个用语,指特写、近景、中景、远景——在三毛所有的作品中,它的内心描写是少有的文学化:

一切的感觉就是那样无助,好似哪儿都不是我该定下来的地方,就是暑假回乡时也是一样。故乡古老的屋宇和那终年飘着蔗糖味的街道都不再羁绊我了,这种心境不是一天中突然来的,三年前它就开始一点一滴地被累积下来。那时我觉得长大了,卡诺,我已没有自己的地方了。(《一个星期一的早晨》)

它表现了一个少女躁动不定的内心状态,挣脱了狭小的空间囿围之后的一时失重感。

它的叙述也很讲究现代的剪辑技巧,造成不同的时空、景别重叠,现实和意绪的重叠。

　　林外的太阳依旧照耀着,一阵并不凉爽的风吹过我和帕柯站的斜坡,野草全都摇晃起来。辛堤已经走上了那伸延得很陡的小径,我由上面望着他,由于阳光的关系,我甚至可以清楚地看见他绣在衬衫口袋上的小海马。此时的帕柯站在我身旁,一只手搁在我肩上,我们同时注视着坡下的辛堤,他仍低着头走着,丝毫没有察觉我们在看他。四周的一切好似都突然寂寥起来,除了吹过的风之外没有一点声音,我们热切地注视着他向我们走近,此时,这一个本来没有意味着什么的动作,就被莫名其妙地蒙上了一层具有某种特殊意象的心境。辛堤那样在阳光下走近,就像带回来了往日在一起的时光(这一句写得非常好,准确地表达出了人处于此类境态之中时常有的那种模糊而又强烈的内心感觉和微微的兴奋战栗)。他将我们过去的日子放在肩上,走过桥,上坡,一步一步地向我们接近。(《一个星期一

的早晨》)

绝了,这诗一般的想象,这由辛堤向她们走近所造成的、仿佛同遥遥的往日时光自如叠合的感觉。

再看看它的开头和结尾:

当我开始爬树时,太阳并没有照耀得那么凶猛,整个树林的空气是新鲜而又清凉的,刚一进来的时候几乎使我忘了这已是接近夏天的一个早晨了。阳光透过树上的叶子照在我脸上,觉得睁不开眼睛,便换了一个姿势躲开太阳。

....

车开了,沿途的橘树香味充满了整个空旷的车厢,一幢幢漂亮精致的别墅在窗外掠过,远处的山峦一层层绵亘到天边,淡水河那样熟悉地在远处流着,而我坐在靠右的窗口,知道我正在向山下驶去。

这是一个和帕柯在一起的星期一的早晨。(《一个

星期一的早晨》)

开头和结尾之间精心地存在着我们常说的那种"首尾呼应"的关系,体现了结构上的艺术性和形式上的完整。

而三毛的大部分作品,却总是随意地就开头了:

有一天黄昏,荷西突然心血来潮,要将一头乱发剪成平头,我听了连忙去厨房拿了剪鱼的大剪刀出来,同时想用抹布将他的颈子围起来。(《沙漠观浴记》)

离复活节假期还有半个月,全宿舍正为期中考念得昏天暗地,这宿舍是一年交一次成绩单的,不及格下学年马上搬出去,再潇洒的女孩在这时候也神气不起来了。(《安东尼·我的安东尼》)

从开始到结束,往往也只是一件事情的开始和结束,一个日常话题式的拎起和放下。不含伏笔,也不出现结尾的高潮(当然,不是全部)。

没有模式也没有陈套,一切都是平民式的随便和朴素。

三毛说她早期的作品更不讲技巧,有着儿童画式的纯和真,而实际上,最能看出技巧痕迹的恰恰正是那些初作,包括《惑》《雨季不再来》《极乐鸟》《一个星期一的早晨》等。它们有着刚刚接触文学时对技巧的新鲜和敏感。

不管它们存在百分之几的虚构成分,它们都算得上是真正意义上的小说,有着小说的形式气息和感受外壳。

越往后写,体裁的区别在她的笔下也就消失得越彻底。

究竟是小说还是散文?又究竟是散文还是小说?或者都不是,而只是她三毛"记录自己"的文章。

我们时常也就只能称它们是"三毛的文章"或"三

毛的作品"。

她的一本本作品,也往往是混杂的,从不标明是小说集还是散文集。

《撒哈拉的故事》难道是通常所说的那种"故事"吗?也不完全是。有的像游记,有的像速写,也有的像随笔,只不过毫无例外它们都讲了故事而已。

我们问,作为一个作家,三毛主要算是写什么的呢?

小说?散文?故事?游记?

干脆说,她就是写她自己喜欢写的那种文章的!它们有散文和自传的真,有小说和故事的生动,有游记和随笔的丰富与快速。

这就使得她的作品缺少传统所需要的那种"形态"或者称"样式"的纯粹感和精致感。

我们喜欢三毛的作品,只不过是笼统地喜欢她的文章的内容,和文章具体是什么形式没有关系。

这好,也并不好。

好在三毛就是三毛。不好在任何真正的文学创作最终都必然是具体样式的创作,文学地位高低的确定也总是和对于具体样式的驾驭能力联系在一起的。三毛吃亏在这里。

从内容上说,三毛的作品实在跟通常所指的"通俗文学"并不是一回事,可连她最好的朋友们也往往把它们归入这个范围内,究其原因,不能不说和她对技巧的漫不经心有很大的关系。

但是她对这归类并不介意。

她认为"作品被划归为什么类,这点我觉得并不很重要""实际上,我个人喜欢的是那些走江湖的民间艺人,在街头直接地以自己的演出换取大众的掌声或嘘声,我并不想当个像芭蕾舞星那类伟大的艺术家"。

这个自称的"民间艺人"果真就受到了许多人的欢迎,在很多地方。

人们兴致勃勃地站在她的"文学画廊"前——

A:为它那鲜见多变的故事空间和奇罕丰富的传

奇色彩。

B：哪怕是再平常琐碎的小事也被她写得如此生动，让人在幽默的轻松中获得快活。

C：为……

A——

即使是现代人，难道已经从根本上摆脱了闭塞和孤陋寡闻吗？

人类，这支几十亿的大军，永远也不会有更多的人真正有勇气、有毅力、有浪漫的气质去穿越整个地球，从而把人类所生存的巨大空间真实地缩印于自己内心的版图之上，即使今天也没有！

而三毛却在当时就已经做到了这一点！

于是人们通过阅读她的作品弥补了自己的孤陋寡闻和生活空间的狭窄。

她的作品简直就是一本本世界风情介绍！

关于欧洲的，关于美洲的，关于非洲的，关于大洋洲的……

没有人会问，相对于墨西哥和哥伦比亚的一个个"纪行"，人们为什么更喜欢撒哈拉的故事？

因为撒哈拉更罕见人迹！

相比马德里、纽约、洪都拉斯、哥斯达黎加来说，到过撒哈拉的人绝对更少，甚至没有几个人听过关于它的传闻。

很多成功都是因为满足了人们的好奇心，三毛的文学地位从根本上说也是由此建立的。

生活是没法写完的，这包括两个方面的理由。

一是即使是同一生活领域，它也处在常变之中，文学艺术家敏感的感觉系统能捕捉到隐含在重复之中的种种的不同和新出现的"尘埃"在跳动。

二是对同一生活的理解和思考没有穷尽，就像法国作家福楼拜所说：人，总有根据前人的轨迹来使用眼睛的习惯，因而一切东西都一定还有未被探索到的地方，区区小事也都包含着未知部分，要把它找出来。

但是,三毛的成功,毕竟还是有意义的,具备了某种世界性的启示——当然,这种启示早已有别人提供过——这就是,不管是未来还是今天,让自己走出众人的"区域",来到一个异乎寻常的冷僻的"空间",对作家来说,这件事的本身,往往已经等于了成功。

有人问几位美国冒险者,你们为什么要进行这样的冒险活动?

他们说,因为世界给人的第一次尝试已经不多了。

同样,世界给人、给作家首次踏入的角落也不多了。

从某种角度说,文学在内容上的发展,将正是以这些角落的逐日消失为标志的。

三毛作品空间的开阔性、多变性和内容的新奇性,是建立在往日"万水千山走遍"的基础上的,所以一旦她停止了往日的步履,让自己相对地稳定在一个生活空间中,就可能出现创作心理的迟钝感和途穷感,这是三毛潜在的危机。

只是她不一定会为此痛苦,写不出就不再写,这本来就是她的写作观。

何况谁都说她有极高的禀赋,怎么会找不到新的同样别致和独特的文学道路?!

B——

听三毛小说课和散文课的学生说:"提到老师说故事的本领,堪称一绝。因为她有她生活的经历,当万水千山走遍的时候,那是一个多彩多姿的人生,千奇百怪的事情都会出笼。她能够不经草稿,随口讲一个小故事讲到产生爆发性,学生所听到的东西都是又活又亮的。"

这确实是三毛的一个本领!

她的故事几乎都是日常小事的叙述,可日常小事一经她说便有了出奇的诱人效果。

但她又并不制造效果,而只是以最通常的"絮絮叨叨"来产生生动和幽默。

三毛太能絮叨了,简直让人觉得,生活中的事情边发生她就边做了记录似的。

她的故事的生动,还因为她故事中的人物总是形神毕肖、鲜活的,不管这个人物是别人,还是她自己。

但"他们"在三毛的作品中从不被置于一个完整的戏剧场面,被面面俱到地写、被由表及里地刻画。

三毛也从不费力地追求所谓的"典型性"和"本质化"。

他们只是三毛眼中的"直观"和日常活动中的一个普通人。

他们就只是他们,一个卖花女,一个姑卡,一个讨钱的"流浪汉",以及《士为知己者死》中那个被老婆管得口袋里摸不出一分钱的"幸福"的米盖。

再说幽默。

什么是幽默?

幽默有的时候就是讲俏皮话,有的时候是以给人的不同印象和认识来造成心理冲撞——你以为他在

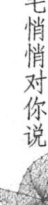

哭，结果却发现他在笑，就像卓别林电影中的那个酒鬼。

酒鬼任妻子怎么劝告都不改，继续嗜酒成性。妻子忍无可忍，终于离他而去。他看着墙上妻子的照片，肩膀一耸一耸。

他哭了？后悔没有听从妻子的劝告，落得孤身一人？

摄影机改变角度，从背后移至正面，原来他没有哭，肩膀一耸一耸是因为正在愉快地摇动酒瓶子，把酒摇出沫再喝，味道会变得更好。

三毛的幽默是另一种。

她不依靠讲俏皮话，也不依靠制造不同的印象和认识，她依靠的是在一本正经的叙述中惟妙惟肖地展示人物的神态，譬如那个卖花女的无赖相，再加上突然用一个不常规的但非常具象的词：

"我没有说买啊！请你拿回去。"我把她的花放回到她的大纸盒里去。

"好了！好了！不要再说了。"她敏捷地把花盆又搬到刚刚的桌上去,看也不看我。

"我不要。"我硬愣愣地再把她的花搬到盒子里去还她。

"你不要谁要?明明是你自己挑的。"她对我大吼一声。我退了一步,她的花又从盒子里飞上了桌。(《卖花女》)

这里的幽默就产生在这老太婆看也不看"我"、大吼一声、随之花又飞上桌子的连续的神情和动作上,让读者获得了对于一种生活和一类人的有趣的了解。

三毛的幽默还在于她所选择写的事情本身。如在撒哈拉的时候,一个邻居要把一只死骆驼存放在她的冰箱里。

死骆驼的大体积和冰箱的小容量形成对比,往冰箱里放骆驼无疑和往冰箱里塞老虎、塞狮子一样让人瞠目结舌,但那邻居却违反常理地"一本正经",于是你就没法不为她的愚蠢而笑。

再如三毛在《天梯》中写到的一份考卷。这是她在撒哈拉考汽车驾驶执照时的故事。

这考试在沙漠里被弄得像登天梯一样复杂和困难,让三毛差点没了信心。

可最后那份笔试的考卷却是这样的:

你开车碰到红灯,应该(一)冲过去,(二)停下来,(三)拼命按喇叭。

你看到斑马线上有行人,应该(一)挥手叫行人快走开,(二)轧过人群,(三)停下来。

…………

最后一题,它问:

你开车正好碰到天主教徒抬了圣母出来游街,你应该(一)鼓掌,(二)停下来,(三)跪下去。(《天梯》)

一直到读完了三毛的全部作品,才终于发现,幽默在她的作品中根本不是来自什么技巧和方法,而是来自她内心的整个精神!

这才是更有价值的。

一句话结束语

愿我们都能在三毛的文学画廊中流连忘返。

大加那利岛
——三毛的诗与远方

作家梅子涵在本书的《三毛的文学画廊》这篇文章里告诉我们:"读三毛的作品是'经历'你未曾经历过的某种生活。"

确实如此。《三毛的文学画廊》中提到的三毛在大加那利岛的文章,就给读者们这样强烈的感觉。

1975年,三毛和丈夫荷西从撒哈拉沙漠搬到了大加那利岛，住在一所面朝大海的房子里。正如作家梅子涵所说的那样，这里是北欧人度假和退休后居留的乐土。这里有阳光普照、四季如春的气候，有美丽的洋房和番茄田，有太阳之下的安详的狗的影子……

三毛与荷西在这里度过了幸福的时光。这里有三毛美好的回忆，是她送给读者的诗与远方。

远方的微缩大陆

不要问我从哪里来

我的故乡在远方

为什么流浪

流浪远方

流浪……

大加那利岛对我们来说，就像三毛写的这首歌里唱的一样，是真正意义上的远方。它在地球另一边遥远的欧洲，西班牙本土西南方向1000多千米的大西洋上，是加那利群岛7个大岛之一，三毛称它是"大西洋里闪亮的钻石"。

作为加那利群岛中人口最密集的一个大岛，大加那利岛距离中国万里之遥。要想饱览它的美景,必须要先坐十几个小时的飞机到西班牙,然后再从西班牙坐三个小时左右的飞机才能到达。

这座长得像一只小乌龟的岛,南北长度和东西宽度都不到50千米,面积1500多平方千米,还没有深圳市的面积大。

别看它面积不大,自然风光却非常优美。像金沙一样连绵起伏的沙滩,是日光浴爱好者的天堂。怪石嶙峋的峡谷和崎岖的山地,是不少骑行与探险游客的圣地。这里海水清澈,适合冲浪的近海也常常有爱好者前来一试身手。这里还有充足的阳光和随处可见的棕榈树等热带景观,充分满足了欧洲特别是英国人和德国人对热带景观的想象。

大加那利岛上的山地

> 拓展阅读

正是由于这些风格迥异的地貌和优美的自然风光以及多变的气候类型,大加那利岛被称为"微缩大陆"和"天空之窗",吸引着来自世界各地的游客。

另外,大加那利岛本岛是由火山喷发而形成的,至今岛上还留存有火山岩洞穴壁画,记录着古老原住民的历史。也正是由于火山喷发造岛的原因,整个岛呈现出从中心往边缘地势降低的地貌,人口和城镇主要密布在岛的东部和南部边缘。

岛的南端是著名的马斯帕洛马斯景区,这里以融为一体的沙丘和海滩著称,三毛最钟爱的长达 10 千米的金色沙丘

上，骆驼穿梭往来，游人晒过日光浴之后马上可以扑进海中戏水，尽情体验一半沙漠一半海水的浪漫。

加那利群岛自治区的首府拉斯帕尔马斯市位于岛的东北角——这只"小乌龟"的"脖子"上。这是岛上最大的城市，约有40万人，几乎占到了岛上人口的一半，是加那利群岛的经济、文化和行政中心。这个城市还见证了哥伦布的环球航行，一座博物馆便以哥伦布命名。而三毛在大加那利岛上的居住地，就在拉斯帕尔马斯市东南20千米的一个海边小镇上。

马斯帕洛马斯沙丘

属于三毛的男人海滩

积木般的房子

这是一座安详宁静的小镇。

小镇的东边就是蔚蓝清澈的大海,海浪声声,海风微拂。伴随着海天一色的,是小镇居民真诚而恬淡的笑容,让人心生喜欢。

现在我们已经很难再确定三毛和荷西搬到这里定居的理由,但是小镇开阔而宁静的环境,和三毛的性格非常相配。

又或许我们可以从这个地方的名字上来解释。一个如此恬静的地方却有一个阳刚洒脱的名字——男人海滩。可以想象,崇尚自由、喜爱无拘无束的三毛与荷西,也许正是先被这个霸气的名字所吸引。

三毛喜欢沙漠,荷西便先她一步到撒哈拉找好工作等她。荷西喜欢大海和潜水,他们便搬来旅游天堂大加那利岛。

三毛故居

他们的家和海滩在一条街的两头,阳光下,五颜六色的房子如同漂亮的积木一般,沿着街道延伸开来。

三毛家的外墙上涂着黄色的涂料,院里有一棵粗壮的棕榈树。很多年了,房主人早已经换过,但是和善的主人仍然保留了三毛居住时的大部分样子。现在,当地政府贴心地在院墙上为中国游客标注了"三毛故居"的字样,并规划了整个小镇与三毛相关的游览路线。

没有游客拜访的时候，这里的街上常常空荡荡的，很少见到人，是一种连空气都静谧的氛围。三毛曾经这样描述对这座小院的感觉："我们现在的家，坐落在一个斜斜山坡的顶上。厨房的后窗根本是一幅画框，微风吹拂着美丽的山谷，落日在海水上缓缓转红，远方低低的天边，第一颗星总像是大海里升上来的，更奇怪的是，墙下的金银花，一定要开始黄昏了，才发出淡淡的沁香来。"

男人海滩这里发生了很多三毛记述过的故事，比如"隔壁独身死去的邻居""街上住的瑞士和英国太太们"等。很多年过去了，三毛记述过的人们或许不在了，但是这个小镇仍然是三毛曾经牵挂的地方——"留在这个荒美的海边必然有我的理由和依恋，安静的日子也是美丽的"。

1979年3月，由于荷西的工作需要，三毛与荷西不舍地离开了居住了四年的大加那利岛，搬到了西边200多千米之外的另一个岛——拉帕尔马岛。当年9月，荷西在那里潜水时溺水身亡，被葬在公墓里。

如果说大加那利岛是他们幸福的乐土,拉帕尔马岛可算是哀伤的故地。三毛这样缅怀大加那利岛和拉帕尔马岛的这段记忆:"这儿有我深爱的海洋,有荒野,有大风,撒哈拉就在对岸,荷西的坟在邻岛,小镇已是熟悉,大城五光十色,家里满满的书籍和盆景,虽是一个人,其实它仍是我的家。"